石川宏千花　みずす 絵
Hirochika Ishikawa
Q世代塾の問題児たち
WHITE BOARD
理論社

Q世代塾の問題児たち

石川宏千花

理論社

目次

1　かわいいは正義《せいぎ》じゃない？

そうだ、塾《じゅく》に通おう。

思いついてみたら、すごくいい考えな気がしてきた。

そうしよう、塾《じゅく》に通おう。

猿島空乙《さるしまそらお》は、ソファのうえではね起きた。

学校から帰ってきて、まっ先に目指すのはリビングのこのソファ。ここで夕飯までだらだらするのが、最高にしあわせ……なはずなのに、きょうはちっとも感じない。

だから、塾《じゅく》。

塾《じゅく》に通うしかない。

「ねえ、ママさま」

さっそくママにたのんでみることにした。おねだりするときには、『さま』をつけるのが猿島家《さるしまけ》の暗黙《あんもく》のルール。

「なあに、そらさま」

おねだりされるほうも、なぜか『さま』をつけちゃう。そんなノリのいいママは、キッチンでチキンソテーのお肉を塩麹《しおこうじ》につけている最中だ。

「塾《じゅく》、いってもいい？」

「ええ？　塾《じゅく》？　そらちゃんが？」

「うん、そらちゃんが」

「えー、まだいいんじゃない？　そらちゃん、成績《せいせき》悪くないじゃない」

「そんなことないよ、まんなかくらいだよ」

「じゅーぶん、じゅーぶん。ママなんて、まんなかにもなったことなかったよ」

「えー、でも、いきたいなあ、塾《じゅく》」

「どうしてよう、いままで塾《じゅく》なんて興味《きょうみ》なかったじゃない」

好きな人に、ばかにされたから。

正直にそう答えたら、ママはきっと激怒《げきど》する。娘《むすめ》をばかにした相手の家に乗りこむくらいのことは、平気でしちゃいそうだ。

「みんないってるし」

「いってるう？　ろんちゃん、いってなくない？」

「ろんちゃんは、いってないけど」

「だれが塾《じゅく》にいってるの？」

「笹川《ささがわ》さんとか」

「だれ！　笹川《ささがわ》さんって！　笹川《ささがわ》さんなんて、ママはじめて名前聞いたよ？」

たしかに笹川《ささがわ》さんとは、同じクラスという以外の接点《せってん》はまるでない。塾《じゅく》にいく途《と》中《ちゅう》だった笹川《ささがわ》さんとばったり駅前で会って、「どこいくの？」「塾《じゅく》だけど」って会話をしたことがあるくらい。

「中学生になってからでいいんじゃない？　中学受験はしないって決めたんだし。そらちゃんの成績《せいせき》が悪いなら考えてもいいけど、悪くないんだもん」

悪くはないけど、よくもない。

だから、高橋くんにもばかにされた。

まじで？　そんなことも知らないの？　って。

恥《は》ずかしかった。恥《は》ずかし死にするんじゃないかと思った。

かわいいと思った子のこと、かわいいっていっちゃいけないんだって。外見で人を評価《ひょうか》するのはよくないっていう考えがあるんだって。

一生、忘《わす》れられないかもしれない。

『六年にもなってルッキズムも知らないんだ、まじかよ、頭わるっ！』

そういったときの、高橋くんの冷ややかな顔。

思いだすだけで、背中《せなか》がひやっとなる。

同じクラスになった五年生のときから好きで、六年生でクラスがわかれてもずっと片思《かたおも》いしてた高橋くん。

廊下《ろうか》で会うと向こうからよく声かけてくれてたし、これはもしかするともしかするかもって期待してたのに……。

頭がよくなりたいって、はじめて思った。自分のこと、頭が悪いと思ったこともなかったけれど。

本を読む子は頭がよくなるってよく聞くし、その手はあるなって思ったけど、読書はむり。ママがすすめてくれた『モモ』も、『長くつ下のピッピ』もだめだった。パパが買ってきてくれた『キュリー夫人』も『十五少年漂流記《ひょうりゅうき》』も、最後まで読んでいない。

読書以外で頭をよくする方法、ほかには思いつかなかった。だから、塾《じゅく》。

ママに反対されるのは、わかってた。予想の範囲《はんい》内。だってママは、女の子はかわいければ、たいていのことはうまくいくって思っている人だから。

『そらちゃんをかわいく産めてよかった』

これが、ママの口ぐせ。こんなかわいい小六女子いる？　いないよね？　この先
そらちゃんはずーっと安泰《あんたい》だよ、パパもそう思うでしょ？

パパはわりと冷静。

『そらはたしかにかわいいけど、いまどきそれだけじゃ世の中は渡《わた》っていけないよ』

もちろん、ママは聞く耳なんか持たない。かわいいは正義《せいぎ》の人だから。

「お願いママ！　塾《じゅく》いかせて？」

「なんでなんで？　まさかいまさら中学受験するとかいわないよね？」

「中学はろんちゃんと同じがいいもん。受験なんかしないよ」

「じゃあ、高校受験のため？　うちから通える頭のいい私立《しりつ》っていったら清薫学園《せいくんがくえん》くらいしかないよ？　遠すぎ！　そらちゃんといっしょにいられる時間が減《へ》っちゃうじゃーん」

高校受験のことなんて、気にしたこともなかった。六年生になったばかりなのに、

高校のことなんて考えるわけがない。

「清薫《せいくん》なんていけるわけないじゃん！　いく気もないってば。別に受験のためじゃなくって、いまより頭よくなりたいだけ。それならいいでしょ？　ね？　ね？」

「うーん……ちょっと考えさせて。パパにも相談しなきゃだし」

よし！　保留《ほりゅう》に持ちこめた。パパは絶対《ぜったい》、だめっていわないはず。もともとパパは、中学受験もさせたがってたくらいだし。

空乙《そらお》はひそかに勝利を確信《かくしん》した。これはいける。あとは塾《じゅく》選びだ。

あした学校にいったら、塾《じゅく》ってどんな感じなのか笹川《ささがわ》さんに教えてもらおう。


一時間目のあとの休み時間は、となりのクラスのりっちゃんが呼《よ》びにきた。

二時間目のあとは、田中とみなみんに席をかこまれちゃったし、加えてしーちゃんが、「聞いて聞いて、そら！　まじでやばいんだけど！」って泣きついてきた。

しーちゃんは最近、同じクラスの川島くんとつきあいはじめたばかりだ。

心の中で、空乙《そらお》はさけぶ。

笹川《ささがわ》さんに声をかけようとするたびに、じゃまが入るのはなぜ！

次の休み時間こそは、と意気ごみながら、先生の「はい、以上です」の声を聞く。

いすをうしろにけり倒《たお》しそうないきおいで立ちあがった空乙《そらお》に、

「なあ、さるそら」

ななめ前の席の長谷川から、声がかかった。

「あだ名禁止《きんし》だよ、長谷川」

「呼《よ》び捨《す》てもな」

しまった、笹川《ささがわ》さんから目を離《はな》してしまった。あわてて笹川《ささがわ》さんの席に視線《しせん》をもどす。いない。まただ。また先を越《こ》されてしまった。

どういうわけか笹川《ささがわ》さんは、休み時間になるとすぐにいなくなる。今回も、つかまえそこねてしまった。

はー……と小さくため息をついてから、「で？」と自分の席に座《すわ》りなおす。

長谷川の下の名前は『友情《ゆうじょう》』だ。友情と書いて、そのまま『ゆうじょう』。お兄さんの名前は『努力《どりょく》』で、兄弟の名前をつなげると、努力《どりょく》と友情《ゆうじょう》になる。

はじめて知ったとき、思った。うん……微妙《びみょう》って。

だって、考えた人の「おもしろい名前、思いついた！」みたいなのを感じちゃう。

だからなのか、長谷川は下の名前で呼《よ》ばれるのをいやがる。

それとも、ほかにも理由があるのかな。きいたことないから、わかんないけど。

「あのさ、おれってそんなにばかっぽい？」

「えっ、ばかじゃないの？」

「やっぱばかっぽいのか……」

話を聞くことにした。

女子たちがこそこそ話していたのを、うっかり立ち聞きしてしまったらしい。

「顔はいいのに、頭が残念すぎるんだよねえって」

「いわれてたんだ」

「いわれてた。つきあう相手の候補《こうほ》にはならないよね、むりむりむりって」

「いわれちゃってたか」

「いわれちゃってた」

本気で落ちこんでいるようだったので、なぐさめてみた。

「だいじょうぶ。長谷川の顔しか好きじゃない！　っていう子も絶対《ぜったい》いるから」

顔のよさしかよさがない、となげかれるだけのことはある顔を、ぐにゃ、とゆがめて長谷川が抗議《こうぎ》してくる。

「それ……なぐさめになってないからな、さるそら」

「うそ、なってない？」

「なってない。ばかでも顔さえよければ心配ないっていってる」

「まじかー」

三年生からずっと同じクラスなこともあって、長谷川とは気楽に話せる。家が近いから、いまでもたまにいっしょに帰ったりもする。もちろん、ただの友だち以上の関係はない。

それなのに、一部の女子たちからは『さるはせ』なんて呼《よ》ばれている。架空《かくう》のカップルとして、支持《しじ》されているらしい。

いまもこうして話しこんでいる空乙《そらお》たちを、遠巻《とおま》きに見つめて目を輝《かがや》かせている女子たちがいる。

漫画《まんが》のキャラたちみたいに思われているだけで、迷惑《めいわく》をかけられているわけじゃない。楽しんでくれているのなら、まあいいか、と空乙《そらお》はたいして気にしていない。

いやがっているのは、長谷川のほうだ。

「おれたちの変な小説みたいなの、また勝手に書かれてたっぽい」

「ふうん、そうなんだ」

「ふうん……ってさるそら、いやじゃねえの？　おれたち『さるはせ』とか呼《よ》ばれてんだぜ。つきあってるわけでもないのに」

それはね、と空乙《そらお》たちの会話に、ハスキーボイスが割《わ》って入ってきた。

「つきあってないってわかってるところがポイントなんだよ。つきあってないのに、カップルっぽいところがある。そこがいいってこと」

空乙《そらお》の顔が、ぱあっと発光する。

「ろんちゃん！」

中野諭子《さとこ》。最初に『さとこ』を『ろんこ』と読みまちがえて以来、ろんちゃんと呼《よ》んでいる。

一生にひとりしか友だちを作れないとしたら、空乙《そらお》は迷《まよ》わずろんちゃんだ。話し方、立ち方、歩き方、一重《ひとえ》の目、ショートの髪型《かみがた》、好きな本や漫画《まんが》、きらいな男子や先生、そらって呼《よ》びかけるときの声のトーン。なにもかもがいい。ろんちゃんのすべてが、空乙《そらお》には特別なものに思える。

遠巻《とおま》きに『さるはせ』をながめて楽しんでいた女子たちが、わかりやすくざわつきだした。ろんちゃんも、彼女《かのじょ》たちが楽しんでいる物語の中では重要な登場人物だ

からだ。

ときには空乙《そらお》のライバル。ときには長谷川のライバル。ときにはふたりの仲を取りもつ味方。担《にな》う役割《やくわり》は幅広《はばひろ》い。

「なああ、中野」

長谷川が、ろんちゃんを見上げる。むだにかっこいい顔で。

「中野もおれのこと、ばかだと思う？」

ろんちゃんは、まじめな顔のまま答えた。

「成績《せいせき》はよくないし、ばかっぽい言動も多いけど、ばかではないんじゃない？」

「え！　まじで？」

「本当のばかっていうのはさ、差別やいじめを平気でしたり、世の中のことに無関心な人間のことだから。長谷川はいじめもしないし、志願制《しがんせい》なのに駅前の月イチ清《せい》掃《そう》にも参加してる。だから、ばかっぽいけど、ばかじゃない」

空乙《そらお》の背中《せなか》に、いやな感じの汗《あせ》がじとーっとにじむ。

……ばかなのは、長谷川じゃない。わたしだ。

差別についてはよくわからないし、いじめもしたことはないけれど、『世の中のことに無関心な人間』には完全に当てはまる。

無関心だから、ルッキズムのことも知らなかった。ほかにも、言葉だけ知っていて意味はわからないままにしていること、たくさんある。

これ、ろんちゃんには知られちゃいけないやつだ……。

高橋くんに、「ルッキズムも知らないの？」っていわれたときのことが、頭に、体に、よみがえってくる。

かーっと熱が出たようになって、目の前が暗くなって、心底あきれたって表情《ひょうじょう》をした高橋くんの顔が、ぐらぐらと揺《ゆ》れはじめて――。

「えっ……と、ちょっとトイレいってくる」

ええっ？　と長谷川がおおげさにおどろく。

「もう終わるぞ、休み時間」

「前髪《まえがみ》ぱっと直してくるだけ！」

いっしょにいくよ、とろんちゃんにいわれる前に、空乙《そらお》は教室から飛びだした。トイレには向かわない。廊下《ろうか》の壁《かべ》に背中《せなか》をくっつけて、待機する。教室にもどってくる笹川《ささがわ》さんを、確実《かくじつ》につかまえるためだ。

廊下《ろうか》の奥《おく》から、ちょっと急ぎ足で歩いてくる笹川《ささがわ》さんが見えた。おーい、と手をふる。反応《はんのう》がない。

空乙《そらお》は小走り気味に廊下《ろうか》を歩きだした。笹川《ささがわ》さんの目の前で足をとめて、「ごめん、ちょっといい？」と声をかける。

笹川《ささがわ》さんはものすごくおどろいた様子で、「なっ、なに？」と裏返《うらがえ》った声で答えた。声をかけられていたのが自分だって、気がついていなかったのかもしれない。

「笹川《ささがわ》さん、塾《じゅく》いってるでしょ？　塾《じゅく》ってどんな感じなのか、教えてほしいなと思って」

銀ぶちの小ぶりなメガネをかけた笹川《ささがわ》さんは、いかにも勉強ができそう。服装《ふくそう》もいつも、ちゃんとしている。えりのついたシャツのボタンはいちばん上までとまっているし、紺《こん》の無地のソックスは、ひざ下まで引きあげられて、ぴちっとしている。

「塾《じゅく》……は、塾《じゅく》だと思うけど」

「いったことなくって、塾《じゅく》。雰囲気《ふんいき》どう？　厳《きび》しい？」

「わたしのいってるところは、中学受験のための塾《じゅく》だから」

「厳《きび》しいってこと？」

こく、と笹川《ささがわ》さんがうなずいたところで、担任《たんにん》の古屋《ふるや》先生が職員室《しょくいんしつ》からもどってきてしまった。

「ほらほら、早く教室に入りなさい」

あわてて教室に向かおうとした空乙《そらお》のうしろで、笹川《ささがわ》さんがぼそっとなにかをつぶやく。

あんまり小さな声だったので、なんていったのかは聞きとれなかった。

2　いきたい塾《じゅく》、見つけちゃったかも！

うん、中学受験のための塾《じゅく》はやめよう。
そう決めてはみたものの、中学受験のためじゃない塾《じゅく》なんて、あるのかな。
ただ頭がよくなる塾《じゅく》。
ばかじゃない人になれる塾《じゅく》。
世の中のことがわかるようになる塾《じゅく》。
高橋くんに冷ややかな顔をされなくなる塾《じゅく》。
「まあ……あるわけないよね、そんな塾《じゅく》」
お目当てのグッズが入っているガチャをまわしながら、ついひとりごとをいってしまった。
「塾《じゅく》、さがしてんの？」
ひとりごとに、まさかの返事があった。
しゃがんだまま、ほあっ？　とうしろをふり返る。どこかで見たような顔をした
男の人が、こちらを見下ろしていた。
ブレザータイプの制服《せいふく》を着ている。ネクタイはグリーンにシルバーの紋章《もんしょう》入り。
この制服《せいふく》ってたしか、
「……清薫学園《せいくんがくえん》？」
「あ、これ？　ふだんは着てても着なくてもいいんだけど、きょうは生徒会の役員会
があったから」
きいてもいないのに、勝手に話しだす。開《あ》いたり閉《と》じたりするその口を、空乙《そらお》は
じーっと観察する。観察しながら、そろりと立ちあがった。
やっぱりこの顔、見たことある気がする。だれかに似《に》ているだけかもしれない。

うーん……だれだっけ？

「これ、よければ読んでみて」

透明《とうめい》のクリアファイルから引きぬかれたピンクの紙が一枚《まい》、手渡《てわた》された。**【Q《キュー》世代塾《じゅく》オープン！　生徒募集中《ぼしゅうちゅう》】**の黒い太文字が目に飛びこんでくる。その下には、箇条書《かじょうが》きがいくつか。

・新しい考え方ができるようになりたい、とお考えのあなた。
・だれも傷《きず》つけない人間になりたい、とお望みのあなた。
・世の中のことがよくわからない、とお悩《なや》みのあなた。
・いまどきそんなことも知らないのか、といわれて傷心《しょうしん》しているあなた。

……あった、希望どおりの塾《じゅく》。

いきたい塾《じゅく》、見つけちゃった。

出したばかりで、まだ中身も見ていないガチャのカプセルをぎゅっとにぎる。

見つけたけれど、ママは絶対《ぜったい》にゆるしてくれない。知らない高校生に勧誘《かんゆう》された塾《じゅく》なんて。さすがにパパだってだめだっていう。

「猿島《さるしま》さんでしょ？」

いきなり名前を呼《よ》ばれて、びくっとなる。

「えっ、はい、猿島《さるしま》です」

「さるそらちゃん」

「はい」

「おれ、友情《ゆうじょう》の兄」

「えーっ」

ひょいと腰《こし》をかがめて、目線の位置を合わせてきたその顔は、いわれてみればどこか長谷川に似《に》ていた。

「むかし何度かうちに遊びにきてたよね」

こくこく、とうなずく。

何度かどころか、しょっちゅう遊びにいっていた。長谷川のお兄ちゃん目当ての女子たちにつれられて。

そのくらい、四つ年上の長谷川のお兄さん——努力くんは、かっこよかった。いつのまにか、だれかのうちに遊びにいくのはひかえるのが当たり前っぽくなってきて、長谷川家からも足が遠のいちゃったけど。

そういえば、「うちの兄ちゃん、清薫《せいくん》に受かったんだぜ。すごくねえ？」って長谷川がいっていたのを、うっすら覚えている。

受かったのがすごいと思って覚えていたわけじゃなくて、清薫学園《せいくんがくえん》を受験した理由が、なんだかちょっと印象的《いんしょうてき》だった。

なんの気なしに空乙《そらお》が、「清薫学園《せいくんがくえん》なんて、勉強大変そうなのに」といったら、にやっと笑って長谷川はこう答えたのだ。

「父親が絶対《ぜったい》に文句《もんく》いえないい学校にいきたかったんだよ」って。

うちの父親はほら、外面《そとづら》はいいけど、家の中では王さまだからって。王さまって？　と、ちらっと思ったくらいであのときは深く考えもしなかったけれど、あれはもしかして、文句《もんく》が多いって意味だったのかな。

清薫学園《せいくんがくえん》なら、文句《もんく》のつけようがない。だから、努力くんは清薫学園《せいくんがくえん》を受験したってこと？

もう中学生じゃない、清薫学園《せいくんがくえん》の制服《せいふく》を着た努力くんが、かがめていた腰《こし》を伸《の》ばしながらいう。

「ゆうのことも誘《さそ》ってんだけど、恥《は》ずかしいのか、りょくが先生ならいかないっていうんだよねえ」

ゆう。りょく。ふたりで話しているときはそう呼《よ》びあっていたっけ、と思いだしながら、ちらりと努力くんの顔を見る。

なんか……ちょっとだけ、かっこよくなくなった……かも？

小学生や中学生のときは、もっときらきらしていたような気がする。いまはなんていうか、すごくふつう。ふつうの顔になっちゃった。なにかあったのかな？　それとも、ただの成長？

「六年で塾《じゅく》さがしてるってことは、中学受験のためじゃないでしょ？　だったら、うちの塾《じゅく》はいいと思う。受験用の塾《じゅく》じゃないから」

「長谷川……くんたちのご両親、塾《じゅく》をはじめたんですか？」

「親は関係なくって、おれとおれの先輩《せんぱい》とでやってんの」

「先輩《せんぱい》と」

「学校のね」

「はあ」

会話が途切《とぎ》れがちになってきた。

「とりあえず、考えてみて。チラシの連絡先《れんらくさき》にメッセージ送ってくれてもいいし、うちの弟にいってもいいし」

じゃあね、と小さく手をふって、努力くんは、いってしまった。

「あれっ、いまのだれ？」

ちょうどそこに、買いものを終えたママがもどってきた。トート型《がた》の保冷《ほれい》バッグが、ぱんぱんになっている。

「長谷川のお兄さん」

「えっ、努力くん？」

「そうそう」

「うっそ、あんなんだっけ。もっとこう、アイドルみたいなきれいな顔した子じゃなかった？」

「地味にはなったかもね」

「ねー、なっちゃったね」

空乙《そらお》はいまでもおぼえている。

長谷川がむかし、ほかのみんなといっしょにうちに遊びにきたとき、「あの子の顔、惜《お》しいね」ってママが耳もとでいったことを。

えっ？　と思ったからだ。

だって長谷川は、そのころからまわりの女子たちに、顔だけはいい、といわれまくっていた。その長谷川の顔を惜《お》しいってどういうこと？　そう思ったのだ。

ママいわく、鼻がちょっと低いらしい。あれで鼻が、すっとしてたら完璧《かんぺき》。だから、『惜《お》しいね』。

あのときは、ママって厳《きび》しいなあ、と思っただけだったけど、いまは、ちょっとだけもやもやしている。

久《ひさ》しぶりに見かけた人のこと、『あんなんだっけ』っていうの、どうなんだろうって。

あ、でも。

空乙《そらお》はそこで、はっとなった。

自分だって。

自分だってついさっき努力くんのこと、ふつうの顔になっちゃったって思った。

そうなったのは残念なことみたいに。

……もしかして、ママの影響《えいきょう》、受けちゃってる？

いままで考えたこともなかった。

自分がだれかの影響《えいきょう》を受けているなんて。

「そらちゃん、いくよ？」

「あ、うん」

先に歩きだしたママのあとを、少し遅《おく》れて追いかける。

ママはいつでも空乙《そらお》の味方で、空乙《そらお》を溺愛《できあい》していて、なにがあっても守ってあげるっていってくれている。

そんなママの影響《えいきょう》なら、受けたっていいよね？　おかしなことじゃないよね？

「えっ、まじで？　まじでりょくの塾《じゅく》に？」

長谷川がおどろいている。

うんうん、とうなずく空乙《そらお》に、ろんちゃんもいう。

「待って、話が見えない」

「だからね、きのう長谷川のお兄さんにばったりスーパーで会って、Q《キュー》世代塾《じゅく》のチラシをもらったの」

「Q世代塾《じゅく》っていうのは、長谷川のお兄さんが通ってる塾《じゅく》なわけ?」

ろんちゃんの質問《しつもん》に、ううん、と空乙《そらお》は首を横にふる。

「生徒じゃないの。先生なの、努力くんは」

「まじで?」

ろんちゃんからも、『まじで?』が出た。

「でね、夜ごはんのとき、めちゃくちゃお願いしたんだ。月謝《げっしゃ》も安いし、公民館のフリースペースならうちから近いし、努力くんがやってるのも安心でしょって。そしたら、中学受験用の塾《じゅく》にいくよりはってママが折れてくれて。パパはもちろん、即《そく》オーケー」

「急展開《きゅうてんかい》だなあ」

「そうなの、きゅうてんちょっか……急転直下で合ってる？　で決まっちゃった」

長谷川はまだ、まじかー、とくり返している。

「まさかさるそらが、うちの兄ちゃんたちの塾《じゅく》に通うことになるとは」

「やだ？」

空乙《そらお》がそうきくと、「いや別に」と答えたくせに、まじかー、まじなのかー、と長谷川はつぶやきつづけている。

「月謝《げっしゃ》、いくらなの？」

ろんちゃんにきかれて、「1，000円」と答える。

「せんえん？　安すぎない？　もうけるつもりないのかな」

これに答えたのは、長谷川。

「もうけるつもりはないみたい。教えたいことがあるから、必要な経費《けいひ》の分だけもらえればいいんだってさ。だから、小中学生には1,000円、高校生には2,000円、大学生以上のおとなには3,000円にしたっていってた」

「うーん、そっか、公民館のフリースペース借りるのにかかる費用《ひよう》もたいしたことないだろうし、もうけるつもりがないなら、それでいいのか……な？」

ろんちゃんは、納得《なっとく》したようなしてないような、の顔で首をかしげている。

「そもそも、なにを教えたいの？　長谷川のお兄ちゃんたちは」

「なんでもっていってた、りょくは」

「なんでも」

「兄ちゃんたちの世代が知ってることとか考えてることは、なんでも教えるんだって」

「たとえば？」

「たとえば？　それはちょっとおれには」

「わかんないの？」

「りょくの話、むずいんだもん」

「むずいんだ」

「おれにはね」

開きっぱなしだった教室の入り口から、古屋先生がのんびりと入ってきた。

「はいはい、席ついてねー」

生徒からは、ふるやば先生という悪口まじりな呼《よ》び名を与《あた》えられている古屋先生のことを、空乙《そらお》は特にやばいと感じたことはない。

みんながいうには、差別がひどいらしい。

見た目はふつうのおばちゃんだし、動作もゆっくりでこわいところもないし、話し方だってやさしいほうだと思う。

だから余計《よけい》にやばいんじゃん、といっていたのはしーちゃんだっけ。みなみんだったかもしれない。

空乙《そらお》の知っている差別は、アメリカとかで、白人警官《けいかん》が黒人の一般《いっぱん》市民に理不尽《りふじん》な暴力《ぼうりょく》をふるったりするやつだ。

あれはひどい。だれにだってひどいってわかることなのに、何度も起きている。

何度もニュースになっている。不思議でしょうがない。なんでそんなことするの？

意味がわからない。

空乙《そらお》にとって差別は、身近にはないものだ。遠いどこかで、意味もなくおこなわれているひどいこと。

それを古屋先生もやっている？

……本当かなあ。

空乙《そらお》には、なんだかでっちあげのように思えてしまう。

差別。

差別なあ……。

きいてみようか、さっそく。

差別って、わたしたちの身近なところにもあるんですかって。

空乙《そらお》はきょうから、Q世代塾《じゅく》の生徒になる。

きゅっ、きゅきゅきゅ、きゅーっと音を立てながら、ホワイトボードに黒い文字がならんでいく。

長谷川努力
はせがわどりょく

つづいて、きゅきゅ、きゅっ、きゅきゅきゅっ。

大江才悧
おおえさいり

壁《かべ》を背《せ》にしたホワイトボードは、空乙《そらお》たちが着席している横長の折りたたみテーブルと向きあうように置かれている。

折りたたみテーブルは、二台ならべた状態《じょうたい》で三列分。パイプいすは一列に四つずつで、あいだを広くあけて置かれている。

着席しているのは、全部で九人。

空乙《そらお》が座《すわ》っているのは、いちばん前の列のまん中だ。まん中といっても、一列目にはふたりしか座《すわ》っていないので、正確《せいかく》にいうと、ホワイトボードに向かって左がわ。窓《まど》に近いほうに着席している。

黒い文字の名前は、どちらも長谷川のお兄さん――努力くんが書いた。

「えー、ぼくが長谷川で、となりにいるのが大江《おおえ》です」

となりにいるのが、といって努力くんが目線を向けた人の顔を、空乙《そらお》も見る。

わー……と、あらためて思う。

最初に入室したときにも思ったけれど、やっぱりすごい。

個性的《こせいてき》というのが合っているのかいないのか自信がなくなるくらい、見たことがない外見だ。男子なのか女子なのかもわからない。

左がわは坊主頭《ぼうずあたま》、右がわはさらさらのロングヘアで、色は蛍光《けいこう》マーカーみたいなバキバキのピンク。白いえりつきのシャツの首には、制服《せいふく》のネクタイがきちんと巻《ま》かれているのだけど、シルバーの紋章《もんしょう》が見えなくなるくらい、大量のピンバッジやワッペンがつけられている。

さらにすごいのが、ブレザー。白い糸で、ゾンビ？　ゾンビの大群なのかなあれは……という絵柄《えがら》が、大胆《だいたん》に刺繍《ししゅう》されている。

ブレザーの下に合わせているのは、グリーン系《けい》のチェックのプリーツスカート。長さはひざ下丈《たけ》。さらにその下に、紺《こん》のスラックスを重ね着している。

「ご紹介《しょうかい》にあずかりました。わたしが大江《おおえ》です」

えっ、とおどろく。

川《がわ》 努力《どりょく》
才《さい》俐《り》

見た目の印象《いんしょう》だと、「あ、どうもどうも。大江《おおえ》でーす」みたいなあいさつをイメージしていたのに、ホンモノの先生みたいな話し方だったからだ。

「Q世代塾《じゅく》にご入塾《にゅうじゅく》いただき、まことにありがとうございます。第一、第三水曜日に、こちらのフリースペースで授業《じゅぎょう》をおこなう予定にしております。どうぞよろしくお願いいたします」

低くて落ち着いた声だった。

それでもまだ、男子なのか女子なのか、空乙《そらお》にはわからない。男の人でも、自分のことを『わたし』っていうおとなはいる。『ぼく』とか『おれ』っていわなかったから女の人だ、と決めつけるのは、ちょっと気が早すぎるような……。

とりあえず、頭の中では大江《おおえ》先生と呼《よ》ぶことにしよう。

「あのー、すみません」

空乙《そらお》のすぐうしろから、声があがった。

「ちょっと教えてもらってもいいですか。大江《おおえ》さんは男性《だんせい》？　それとも女性《じょせい》？」

肩越《かたご》しにふり返ってみると、空乙《そらお》のおばあちゃんくらいの年の女の人が、片手《かたて》をあげていた。空乙《そらお》のおばあちゃんは六十四歳《さい》だ。

質問《しつもん》を投げかけられた大江《おおえ》先生は、ごてごてした服装《ふくそう》とは対照的に、余計《よけい》なものはなにも加えていない色白の顔で、にこっと笑った。

「どうしてお知りになりたいんですか?」

おばあちゃん世代の女の人は、前の席の空乙《そらお》やとなりの人にしか聞こえないくらいの小さな声で、「どうしてって」とつぶやいた。

「なんて呼《よ》べばいいのかわからないから。大江《おおえ》さんなのか、大江《おおえ》くんなのか」

あはあ、と大江《おおえ》先生が笑う。「あはは」と「ははあ」が混《ま》ざったような、おとなっぽい笑い方だった。

「先生と呼《よ》んでいただければ。若輩者《じゃくはいもの》ではありますが、ここではわたしたちが教えるがわですから。大江《おおえ》先生、長谷川先生でいきましょう」

たぶん、おばあちゃん世代の女の人は、なんの悪気もなく質問《しつもん》したんだと思う。

それでも、初対面の相手に、あなたは男性《だんせい》なのか女性《じょせい》なのかをいきなりたずねるのは、もやっとすることのような気がした。

『男性《だんせい》か女性《じょせい》かもわからない見た目をしているあなたは、まともな人ではないいんじゃありませんか？』

そんな本音……というか、いやみ？　みたいなものも、こっそりひそませてあったように感じてしまった。

「大江《おおえ》先生とやら」

突然《とつぜん》、おばあさんのとなりに座《すわ》っていたおじいさんが、パイプいすから立ちあがった。

「悪いんだけどね、わたしはここで失礼させていただくよ」

えりのついたシャツにVネックの茶色いセーターを着たおじいさんは、あからさまに怒《おこ》った顔をしていた。

「母校の後輩《こうはい》がなにをはじめたのかと気になってのぞきにきてみたが、もう耐《た》えられん」

おじいちゃん世代の人が怒《おこ》っているのを見ると、空乙《そらお》の体はかちんとかたまってしまう。

小さいころ、電車の中で怒鳴《どな》られたことがあるからだ。小さな声でママとしりとりをして遊んでいたら、空乙《そらお》のとなりに座《すわ》っていたおじいさんから、声が耳ざわりだと注意された。

すみません、気をつけます、とママがあやまっても、おじいさんはむすっとしたまま。こわくなって、空乙《そらお》は泣きだしてしまった。『うるさいなあ、本当にもう！』

あのときの怒鳴《どな》り声、いまでも思いだせる。

「退室《たいしつ》されるのでしたら、ご自由になさってください。月謝《げっしゃ》もお返しいたしますので」

おだやかに、でも、きっぱりと、大江《おおえ》先生は告《つ》げた。

月謝《げっしゃ》は最初に入室したときに、現金《げんきん》で努力くんに手渡《てわた》してある。かわりに領収書《りょうしゅうしょ》と、今後の日程表《にっていひょう》をもらった。

おじいさんはなにかいいたそうに、うむう、とうなったあと、横長のテーブルの前を横歩きしはじめた。出ていくことにしたようだ。

大江《おおえ》先生が男性《だんせい》なのか女性《じょせい》なのかをたしかめたがったおばあさんが、「ちょっと、お父さん！」と引きとめようとした。かまわずおじいさんは、テーブルとパイプいすのすきまをすりぬけていく。

「くだらん！」

最後にそういい捨《す》てると、そのままフリースペースから出ていってしまった。返すといわれた月謝《げっしゃ》も受けとらずに。

それまでだまって様子を見守っていた努力くんが、「えーっと」と口を開く。

「もしほかにも、ぼくたちの授業《じゅぎょう》を受けるのは気が進まないな、と思われた方がいらっしゃったら、いまのうちに意思表示《ひょうじ》していただければ」

大江《おおえ》先生が、壁《かべ》の時計にちらっと目をやってつけ足した。

「一分後には、授業《じゅぎょう》をはじめようと思っています。それまでに、どうぞご判断《はんだん》を」

かたん、とパイプいすが動く音がした。

ふり返って、たしかめずにはいられない。今度はだれが出ていっちゃうの？

三列目のはしに座《すわ》っていた、大学生くらいの男の人が席を立とうとしていた。

もじゃもじゃの前髪《まえがみ》で目もとがかくれていて、ちょっとぽっちゃりしている。丈《たけ》の長いぞろっとしたジャケットをはおっていて、ズボンとくつの色も黒。

さっきのおじいさんとちがって、引きとめる人はいない。ホワイトボードの前のふたりも、なにもいわずにただ見守っている。空乙《そらお》をはじめとする生徒たちも、ちらちらとうしろをふり返るだけで、呼《よ》びとめたりはしない。

横長のテーブルから出入り口の扉《とびら》までは、少し距離《きょり》がある。大学生くらいの男の人は途中《とちゅう》まで歩いていったのだけれど、なぜだかすぐにもどってきた。

「はーあっ」

ものすごくわざとらしくて、大きなため息をついてから、もといた席に座《すわ》りなおす。

えー……なにいまの？

空乙《そらお》は小首をかしげた。なにをしたかったのか、さっぱり意味がわからない。

止まっていた時間をちょきんとはさみで切って終わらせるように、大江《おおえ》先生が話しはじめた。

「ほかの方はよろしいですか？　それでは、本日の授業《じゅぎょう》をはじめます」

3　いがいがして、いらいらしちゃう

Q世代塾《じゅく》の最初の授業《じゅぎょう》は、プリントに回答を書きこむことからはじまった。

『Q．いま自分が知りたいこと、疑問《ぎもん》に思っていることを書いてください』

『A．（数に制限《せいげん》はありません。好きなだけ書いてください）』

プリントに印字されていたのは、それだけ。

三十分かけて記入したあと、五分くらいのショートフィルムを二本、観た。

ひとつ目は、『なんにもしない人』。

小さな部屋の中で、寝《ね》たり起きたり、スマホを観たり、雑誌《ざっし》を読んだり、ドアの向こうに届《とど》いた紙袋《かみぶくろ》入りのハンバーガーを食べたりしている男の人を、ただ映《うつ》しているだけの動画だった。

途中《とちゅう》からは、早送り状態《じょうたい》になる。

何年分なのかわからないくらい、同じような毎日がチカチカするくらいの超《ちょう》高速でくり返されたあと、最後は、ベッドに横たわったところで画面が止まって終わる。

最初から最後まで、部屋の中にいる人は同じような一日をくり返しているのだけど、画面の奥《おく》にある大きな窓《まど》の外だけが、刻々《こっこく》と変化をしている。

雲が浮《う》かんだ青い空に、最初は白い鳥が飛んでいたのに、そのうち雨の日が増《ふ》える。夜が明けて、空がまっ赤になる日も増《ふ》えた。ドローンが飛びかうようになって、ときどき窓《まど》全体がまっ白になることも増《ふ》えてきて——。

なにが起きているのかは、観ている人の想像《そうぞう》次第、という内容《ないよう》だった。

二本目は、かわいい猫《ねこ》ちゃんのCG《シージー》動画、『猫《ねこ》』。

猫《ねこ》ちゃんには、自分は人間だ、という自覚がある。なんとか理解《りかい》してもらおうと飼《か》い主に訴《うった》えるのだけど、おなかがすいていると思われてエサを増《ふ》やされたり、太っちゃうからもうだめ！　としかられたりするだけ。

しかたがないので、飼《か》われていた家を出て、野良猫《のらねこ》たちのコミュニティをたずねていき、事情《じじょう》を打ちあける。

野良《のら》の猫《ねこ》たちも、「そんなのただの思いこみだよ」「だったら人間だという証拠《しょうこ》を見せて」とまともに取りあってくれない。

猫《ねこ》ちゃんはそのコミュニティも出て、ひとり旅をつづける。

旅は長くつづいた。

旅の中で親しくなった相手に、今度こそわかってもらえるかもしれない、と期待して打ちあけてみたこともある。「そうなんだ、いままでつらかったね」といってもらえたこともあるけれど、それきり会えなくなってしまったり、変なうわさが広まってしまったり、とあまりうまくいくことはなかった。

旅は終わりに近づいていく。猫《ねこ》ちゃんの体はすっかり弱っていた。もうどこにもいくことはできない。それでもやっぱり、自分は人間だという思いは消えない。

猫《ねこ》ちゃんは、夢《ゆめ》を見る。人間として暮《く》らしている自分の夢《ゆめ》だ。贅沢《ぜいたく》は望んでいない。無理せずできる仕事をして、好みの部屋に住んで、ときには気の合う友人たちを招《まね》いて食事をする。たまには恋《こい》もして、週末には旅をして、写真も撮《と》って、思い出をたくさんたくさん作って……。

目覚めた猫《ねこ》ちゃんは、ビルとビルのすき間に横たわっていた。

夢《ゆめ》の中でしか叶《かな》わなかった、生きてみたかった一生を思いかえしながら、ふたたび静かに目を閉《と》じる――。

一度も本当の自分を受けいれてもらえなかった猫《ねこ》ちゃんの気持ちを思うと、涙《なみだ》がにじんだ。空乙《そらお》のほかにも、すすり泣いている人がいたようだ。

宿題が出た。

『次回、この二本のショートフィルムについて座談会《ざだんかい》をするので、準備《じゅんび》をしておいてください』

そんなわけで、空乙《そらお》はいま、リビングのダイニングテーブルでノートを開いている。

ざだんかい、の意味がわからなかったので、まずはそれを調べるところからはじめた。議題をもうけて、みんなで感想や意見をいいあうことみたい。ふむふむ。

いまは、観てきたばかりのショートフィルムの内容《ないよう》を、忘《わす》れないよう書きこんでいるところだ。

「そーらちゃんっ、なにしてるの?」

ママがうしろからのぞきこんできた。

「宿題。塾《じゅく》の」

「えー、宿題なんて出るの? 受験用の塾《じゅく》でもないのに?」

「出るみたい」

「面倒《めんどう》だね」

「そんなことないよ。学校の宿題とはちがうもん」

ふうん、といってママがはなれていく。

夕食はママとふたりでとっくに食べてしまった。パパはきょうも帰りが遅《おそ》い。週末も仕事。パパのことがきらいなわけじゃないけれど、特にさみしくはない。空乙《そらお》には空乙《そらお》の週末の過《す》ごし方がある。

それなのに、ママはいつもパパにいう。空乙《そらお》がかわいそうだと思わないの？　って。

不満なのはママだよね、空乙《そらお》じゃなく。そういいたいけれど、いってママをこらしめたいわけじゃないから、だまって聞いている。

「アイス食べない？　そらちゃん」

箱入りのアイスバーを二本、手に持ってママがもどってきた。

「いまはいいかな」

「えー、そらちゃんの分も持ってきちゃった」

そういいながら、テレビの前のソファに向かう。

風邪《かぜ》の引きはじめのときに気づく、のどのいがいがした感じ。あれに似《に》たものを、のどよりも下のほうに感じる。いがいがして、いらいらしてしまう。

空乙《そらお》は、立ちあがってママのところまでいった。アイスバーは受けとるけれど、となりには座《すわ》らない。

「宿題やりながら食べる」

すぐに、ダイニングテーブルにもどった。

「そらちゃんがかまってくれなーい。つまんなーい」

ママが文句《もんく》をいっている。

空乙《そらお》は思う。パパにいえばいいのにって。なんでわたしにいうんだろう。さみしいんだよね？　ママ。パパがいつも家にいなくて。

あ……これも書けばよかったな。

Q世代塾《じゅく》で書きこんだプリントのことを、空乙《そらお》は思いだした。

『Q．いま自分が知りたいこと、疑問《ぎもん》に思っていることを書いてください』

空乙《そらお》は三つ、書きこんだ。

『差別について知りたいです。わたしのようなふつうの小学生でも、受けることがありますか？』

『長谷川先生と大江《おおえ》先生が、Q世代塾《じゅく》をはじめようと思った理由を知りたいです』

『塾《じゅく》の名前について知りたいです。Q世代とはなんのことですか？』

ほかにも知りたいこと、疑問《ぎもん》に思っていることはたくさんあるような気がしていたのに、プリントに書きこんでいるときには思いだせなかった。

自分には、そういうところがある。あとになって気づくことが多い。そんな自分を、おっとりしててかわいいってママはいう。

それって本当？　あとで気づいたんじゃ遅《おそ》いってこともない？

いまが、まさにそうな気がする。

『どうしておとなは、子どもは鈍感《どんかん》でおとなの本音なんてわかっていないと思っているのですか』

アンケートを書いていたときに、気づきたかった。

こういうところ、なんとかしたい。


「えー？　そらちゃん、なんで黒のパーカ？　男の子みたーい」

うーん、やっぱりか、と空乙《そらお》はがくりと首をおってうなだれた。

朝食のあと、いったん自分の部屋にもどってからはおってきた黒のパーカ。

予想していたとおり、ママはいい顔をしなかった。

わかってはいたけれど、気分が落ちる。

パパとふたりだけでお買いものにいったとき、好きなの買っていいよっていわれて、迷《まよ》わず選んだのが、このパーカ。

いっしょに黒のレギンスも買ってもらった。念願だった黒のワントーンコーデをするために。

パーカの丈《たけ》がちょっと長めで、ミニワンピっぽくも着られるタイプだって気づいたときに、びびっときた。合わせるのは絶対《ぜったい》、同じ黒のレギンスだって。

黒い服を、着てみたかった。

ママが買ってくれるのは、『女の子色』の服だけだから。

ピンクやラベンダー、白、淡《あわ》いイエロー。

色だけじゃない。柄《がら》は花柄《はながら》か水玉じゃないとだめだし、トップスは体のラインがきれいに見えるジャストサイズで、ボトムは絶対《ぜったい》にスカート。どうしてもパンツをはかなくちゃいけないときは、ショート丈《たけ》の一択《たく》。

小学生女子向けのファッション雑誌《ざっし》のモデルの子が着てそうな組み合わせが、ママの好きな服装《ふくそう》。

本当は、髪《かみ》だって長いのは面倒《めんどう》だって空乙《そらお》は思ってる。耳の出るショートにしてみたいって何度もママにお願いしているけれど、そのたびに却下《きゃっか》。

しかたなく、肩《かた》につくかつかないかくらいの長さのボブにしている。結ぶのも面《めん》倒《どう》だから、いつもおろしたまま。ママは編《あ》みこみをしたがるけれど。

「きょうは工作する日だから、汚《よご》れてもいい服がいいの」

そういいながら、さっさと通学バッグを背中《せなか》にしょってしまう。

「そうなの？　じゃあ、しょうがないか」

しぶしぶという様子で、ママが玄関《げんかん》までついてくる。

「じゃあ、いってくるね」

「はい、いってらっしゃい」

あからさまに、ママは不満そうだ。

ママはきょうも、ずっとおうちにいるのかな。お洗濯《せんたく》や掃除《そうじ》を終わらせたら、スマホでＳＮＳを更新《こうしん》したり、だれかのママと電話したり、録画してあるドラマや音楽番組を観たりして、自分が帰ってくるのを待つのかな。

空乙《そらお》は、ため息が出そうになった自分にびっくりした。

もしかして、ママのことをきらいになりかけてる？

まさか。まさかそんなこと、あるわけがない。自分の母親をきらいになるなんて。

気のせいだよね？　気のせいに決まってる。

空乙《そらお》は、早足でマンションの廊下《ろうか》を歩きだした。

おうちからはなれれば、気持ちが切りかわるはず……。

エレベーターの前まできた。

それでもまだ、空乙《そらお》の気持ちはもやもやしたままだった。


黒いパーカすがたの空乙《そらお》は、クラスのみんなには新鮮《しんせん》だったようだ。

かっこいい、イメージ変わっていいっていってくれる子がほとんどだったけれど、いつものほうがそらちゃんらしい、という子も、もちろんいた。

意外だったのは、ろんちゃんと長谷川のリアクションだ。

そういうのも悪くないけど、どちらかといえば――。

まさかの否定寄《ひていよ》りだった。

モノトーンのクール系《けい》なかっこうが好きなろんちゃんだから、そのパーカいいね、どこで買ったの？　ってきかれちゃうかも、と思っていたのに。

長谷川ならふつうに、「かっけーじゃん」っていってくれると思っていたのに。

もやもやもやもやもや……。

どうしちゃったんだろう。

ここ何日か、すぐ胸《むね》がもやもやする。

一時間目が終わって、休み時間になってもすっきりしていなかった空乙《そらお》は、急いで廊下《ろうか》に出た。ぐずぐずしていると、すぐにだれかにつかまって、おしゃべりの輪に加わることになってしまう。

廊下《ろうか》に出ても、あてはない。

どうしようかな、と思っていると、廊下《ろうか》の奥《おく》に笹川《ささがわ》さんのうしろすがたを見つけた。

そうだそうだ、お礼をいおう。

受験用の塾《じゅく》はやめておこうって決められたのは、笹川《ささがわ》さんのおかげなんだから。

「笹川《ささがわ》さーん」

角を曲がって階段《かいだん》のほうに消えかけていた笹川《ささがわ》さんの背中《せなか》に向かって、声をかける。

聞こえなかったのか、笹川《ささがわ》さんは立ちどまらずにいってしまった。

走ってあとを追う。

ここは三階なので、上にいっても屋上しかない。空乙《そらお》は迷《まよ》わず階段《かいだん》を駆《か》けおりた。

二階の廊下《ろうか》に顔を出して、左右を見る。いない。

一階でも、左右を確認《かくにん》。やっぱりいない。

「えー？　どこいっちゃった？　笹川《ささがわ》さん」

二階には、図書室がある。もしかして、図書室にいったのかな……。

二階までもどって、戸が開いたままになっている図書室に、ひょこっと顔をつき入れる。

入り口の近くに、五年のときに同じクラスだったさなちゃんがいたので、「笹川《ささがわ》さんこなかった?」ときいてみた。

「六年生はだれもきてないと思うけど」

「そっか、ありがと!」

すぐに顔を引っこめた空乙《そらお》は、廊下《ろうか》を引きかえしはじめた。

まさかとは思うけど、と階段《かいだん》を上へのぼる。三階からさらに、屋上へつづく踊《おど》り場《ば》へ。

「いた!」

薄暗《うすぐら》い踊《おど》り場《ば》の壁《かべ》に、背中《せなか》をくっつけて座《すわ》っている笹川《ささがわ》さんを見つけた。

おどろいた顔が、こちらを見ている。読書中だったみたい。立てた両ひざの上に、分《ぶ》厚《あつ》い本が開いてのせてあった。

「ごめん、じゃまして。ちょっとだけいい?」

空乙《そらお》が残りの階段《かいだん》をのぼって近づこうとすると、笹川《ささがわ》さんはあたふたと立ちあがった。ひざから本がすべり落ちる。

空乙《そらお》は落ちた本をひろいあげて、「はい」と手渡《てわた》した。受けとった笹川《ささがわ》さんは、なんだかちょっと迷惑《めいわく》そうだ。こまったような顔をしている。読書のじゃまをしてしまったのが、よくなかったのかもしれない。

「塾《じゅく》のこと、教えてもらったでしょ？　そのお礼、いいたかっただけなの。読書のじゃましちゃってごめんね」

急いで空乙《そらお》がそういうと、笹川《ささがわ》さんは、ぺこ、と小さく頭をゆらしただけで、足早に階段《かいだん》をおりていった。

……こんなとこまで追いかけてきてって思われちゃったかな。

残された空乙《そらお》は、ちょっとだけしょんぼりしながら、笹川《ささがわ》さんがいた場所をあらためて見てみた。そこだけほこりがなくなっているのに気づく。

まわりはほこりだらけなのに、笹川《ささがわ》さんのいた場所だけ、くっきりときれいだった。

もしかして、と空乙《そらお》は小首をかしげる。
笹川《ささがわ》さんって、休み時間はいつもここにきてるのかな?

4　巨大化《きょだいか》する『?』マーク

二回目のQ世代塾《じゅく》は、前回よりも生徒がふたり減《へ》った状態《じょうたい》ではじまった。

減《へ》ったふたりのうちひとりは、前回、怒《おこ》って出ていっちゃったおじいさん。

もうひとりは、だれだかわからなかった。たぶん、空乙《そらお》の記憶《きおく》に残っていなかっただれかだ。

九人からふたり減《へ》って、全部で七人。

「では、はじめましょうか」

ホワイトボードの前には、大江《おおえ》先生がいた。努力くんは、ひかえるようにボードのわきに立っている。

大江《おおえ》先生の見た目は、きょうもかなりハードだ。半分だけロングヘアの蛍光《けいこう》ピンクが、蛍光灯《けいこうとう》の白い光でぎらぎらと輝《かがや》いている。

うちのママが見たら、「もったいなーい」っていいそう。ふつうの髪型《かみがた》してたら、かっこいいのにって。大江《おおえ》先生、顔はすっきりさっぱり、整っているから。

大江《おおえ》先生が、生徒たちの顔を見回した。

「前回、二本のショートフィルムを観てもらいました。座談会《ざだんかい》の準備《じゅんび》はしてきていただけたでしょうか」

きょうは、席の形が前回とちがう。

長机《ながづくえ》が、コの字の形にならべられていた。ホワイトボードが置いてあるところにだけ、机《つくえ》がない状態《じょうたい》だ。

空乙《そらお》は少しだけ迷《まよ》ったあと、窓《まど》を背《せ》にして、ホワイトボードにいちばん近い席に腰《こし》をおろした。おとなりは、髪《かみ》の長い二十歳《はたち》くらいの女の人だ。

さっき目が合ったとき、にっこりほほえんでくれた。色が白くて、目がぱっちりしていて、すごくかわいい人で……って、だめ！　だめだめだめ！

　こうやってすぐ、相手の見た目に目がいっちゃうところ、変えていかなくちゃ。

「二本のうち、どちらの作品について話してみたいか、ひとりずつきいていきます。自己紹介《じこしょうかい》も兼《か》ねたいので、お名前もいっしょにお願いします。本名はちょっと、ということであれば、あだ名とか、呼《よ》んでもらいたいお名前でもかまいません」

　では、と大江《おおえ》先生が顔を向けたのは、空乙《そらお》とは反対がわの、ホワイトボードに近い席の人だった。

「こちらから順にいきましょう」

　机《つくえ》がコの字になっているので、全員の顔が見渡《みわた》せる。

　紺色《こんいろ》のポロシャツに、ふちのない度の強そうなメガネをかけたおじさんが、ゆっくりと立ちあがった。

「坂田《さかた》と申します。塾講師《じゅくこうし》をしておりましたが、現在《げんざい》は休職中《きゅうしょくちゅう》です。勉強のため、こちらに通わせていただくことにしました」

声は小さいけれど、丁寧《ていねい》な話し方だ。

「ショートフィルム、どちらも興味《きょうみ》深く拝見《はいけん》させていただきましたが、わたしは『猫《ねこ》』のほうに、より関心を持ちました」

最後に小さくおじぎをしてから、坂田さんは着席した。

「坂田さん、ありがとうございました」

大江《おおえ》先生のうしろで、努力くんがホワイトボードに、猫《ねこ》、と書いて横線を一本引いた。

坂田さんのとなりの人に、視線《しせん》を移動《いどう》させる。とたんに空乙《そらお》は、目をそらしたくなった。

そこにいたのが、前回、一度は退室《たいしつ》しようとしたのに、なぜかもどってきて、大きなため息をついた男の人だったからだ。

きょうも、もじゃもじゃの前髪《まえがみ》で目もとを暗くして、ぞろっとした黒い服を着ている。

入室してきたときにも、『ふきげんだったあの人、きょうもきちゃった』って思ったけれど、あらためてちゃんと顔を目にすると、『?』マークが頭の中に浮《う》かんだ。

あんな態度《たいど》を取ったのに、どうしてまたきてるのかな。気が進まないなら、もうこなければいいのに。怒《おこ》って出ていったあのおじいさんみたいに。

大江《おおえ》先生は、しばらくだまって待っていたけれど、なかなか自己紹介《じこしょうかい》がはじまらないので、「次のかた、どうぞ」と声をかけた。

座《すわ》ったままで、もじゃもじゃ前髪《まえがみ》の男の人がいう。

「パスで」

……パス?

空乙《そらお》の頭の中に浮《う》かんでいた『?』マークが、ぼんっと巨大化《きょだいか》した。

なんでそんなことというの? 意味がわからない!

「どちらをパスしますか? ショートフィルムのほう? 自己紹介《じこしょうかい》のほう?」

大江《おおえ》先生は、おだやかなままだ。見た目の激《はげ》しさとは打って変わって、話し方はやさしく、礼儀《れいぎ》正しい。

ぶっきらぼうなひとことが、返ってきた。

「どっちも」

大江《おおえ》先生は、それでも冷静だ。

「どちらもですね。わかりました」

大江《おおえ》先生のうしろで、努力くんがホワイトボードに、パスと書いた。そのとなりに、横線を一本。

「それでは、お名前がないと不便なので、こちらで呼《よ》び名を考えさせていただきますね。Q世代塾《じゅく》の授業《じゅぎょう》は今回で二回目なので、二回目さんでいかがでしょう」

もじゃもじゃ前髪《まえがみ》の男の人――二回目さんが浅くうなずくのを見て、空乙《そらお》は思った。いとこのサトちゃんにちょっと似《に》てるかも、と。

高校生のサトちゃんは、お正月にみんなで集まっているときなんかに、ひとりだけきげんが悪そうにしていることが多い。

心配になって空乙《そらお》が話しかけにいくと、すぐにきげんがよくなる。まるで、わざと心配させようとしているみたいで、近ごろはそういうサトちゃんを見るのが、ちょっとだけしんどい。

サトちゃんにも思うことだけど、みんなといるのにふきげんそうにする人って、想像《そうぞう》しないのかな。自分がそうしていることで、まわりの人がどう感じるのか。

二回目さんの名前がきまったところで、次の人は、とみんなの視線《しせん》が移動《いどう》する。

三人目は、制服《せいふく》すがたの女の子だった。紺《こん》の三つボタンベストに、同じ色のプリーツスカート、白いシャツにグリーンのつけネクタイ。来年から空乙《そらお》も通うことになっている、近所の公立中学の制服《せいふく》だ。

「近藤《こんどう》です。清薫学園《せいくんがくえん》への進学を希望しています。みなさんの意見をきいてみたいと思ったのは、『猫《ねこ》』のほうです。よろしくお願いします」

まじめそうな印象《いんしょう》そのままの、まじめな自己紹介《じこしょうかい》だった。清薫学園《せいくんがくえん》の生徒がはじめた塾《じゅく》だから、Q世代塾《じゅく》に興味《きょうみ》を持ったのかもしれない。

四人目は、コの字のたて棒《ぼう》の部分に座《すわ》っていた、ショートヘアの女の人。風景画がプリントされたTシャツに、ぶかぶかの青いデニムジャケットをルーズにはおっている。

「鷲尾《わしお》といいます。二十歳《はたち》です。美術系《びじゅつけい》の大学で、写真の勉強をしています。わたしは、『なんにもしない人』について、話ができたらいいなと思います」

女の人の体から聞こえているのが不思議なくらい、低くて重みのある声だった。

鷲尾《わしお》さん。名前もなんだか、かっこいい。

努力くんが、なんにもしない人、とホワイトボードに書きこむ。つづけて横線も一本。

五人目は、前回、大江《おおえ》先生の性別《せいべつ》を知りたがったおばあさんだった。

「あら、やだ……わたし？　ええと、なにをいえばいいのかしら」

ひざのうえの荷物をいすにおろしながら、あたふたと立ちあがる。おばあさんが座《すわ》っていたのも、鷲尾《わしお》さんと同じコの字のたて棒《ぼう》に当たる部分の長机《ながづくえ》だ。

しばらく考えこんでいたおばあさんが、原稿《げんこう》を読みあげるように話しはじめた。

「加賀留美子《かがるみこ》、六十二歳《さい》、ふたりの孫のおばあちゃんです。趣味《しゅみ》はお庭のお手入れ。大学には、家庭の事情《じじょう》でいけませんでした。いろいろ教わりたいと思っています。どうぞよろしくお願いいたします」

そこまで一気にいったあと、あ、といって、おばあさんは右手をあげた。

「ごめんなさい、ショートフィルムのことをいうのを忘《わす》れてしまいました。猫《ねこ》ちゃんのほうで、お願いします」

今度こそおしまいかな、と思っていたら、おばあさん――じゃなくて加賀さんが、もう一度、手をあげる。

「ごめんなさい、もうひとつだけ。前回、うちの主人が失礼な態度《たいど》で退室《たいしつ》してしまったこと、本人に代わってあやまります。怒《おこ》りっぽい老人のしたことだと思って、ゆるしてやってくださいね」

聞きおえてすぐ、大江《おおえ》先生はふんわりした笑顔を加賀さんに向けた。どんなやさしい言葉をかけてあげるのかな、と思っていたら、

「そうおっしゃりたい加賀さんのお気持ちは理解《りかい》します。ただ、代わりにあやまるというのは、ちょっとちがう気がしました。それと、怒《おこ》りっぽい老人がしたことだからゆるしてほしい、というおっしゃり方も、本当にあやまっているのかな？　という印象《いんしょう》を、わたしは受けました」

びっくりした。

びっくりしすぎて、びりびりっと電気のようなものが全身に走った。

大江《おおえ》先生みたいに若《わか》い人が、加賀さんのような高齢《こうれい》の人に、こんなにはっきり意見をいうところに遭遇《そうぐう》したのは、はじめてだったからだと思う。

衝撃《しょうげき》を受けすぎると、人の体って電気が流れるようになっているのかな――そんなことをぼんやりと考えていたら、

「おいっ」

聞きおぼえのある怒鳴《どな》り声が、聞こえてきた。

フリースペースの閉《し》まっていた扉《とびら》が、いきおいよく開く。飛びこんできたのは、前回、怒《おこ》って出ていったあのおじいさんだった。

早足でこちらに近づいてくるなり、「帰るぞ！」とまた怒鳴《どな》った。耳をふさぎたくなる。

どうしてそんなに大きな声で怒鳴《どな》るんだろう。関係ないわたしたちまで怒鳴《どな》られているような気分になるって、どうしてわからないのかな……。

「お父さん、どうして？」

「心配でそこで待ってたんだ。ほら、帰るぞ、荷物を持ちなさい！」

「帰るって……そんな、まだ途中《とちゅう》なのに」

「目上の人間をばかにするような連中の相手など、する必要はないっ」

おじいさんは、散歩中に動かなくなったペットの犬をせかすように、加賀さんを強引にいすから立たせた。

「払《はら》った月謝《げっしゃ》はこづかいにでもすればいい、二度とわたしたちに関わらんでくれ！」

大江《おおえ》先生に向かってそういうなり、まごまごしている加賀さんの背中《せなか》をぐいぐい押《お》して、おじいさんは歩きだした。

開いたときと同じように、いきおいをつけて扉《とびら》が閉《し》められる。

しばらく、だれもなにもしゃべらないでいたのだけれど、

「……まあ、先輩《せんぱい》のいい方もちょっと悪かったかもね」

つい声に出た、というように努力くんがつぶやいた。それをきっかけに、ぱらぱらと、ほかの人たちも話しはじめる。

「たしかにいい方はよくなかったかもしれませんが、正しいご指摘《してき》ではあったんじゃないでしょうか」

最初にそういったのは、一番目に自己紹介《じこしょうかい》をした坂田さん。

「老人のしたことだからゆるしてほしいっていうのは、わたしもちょっとちがう気

がしました」

坂田さんのいったことに答えるように発言したのは、中学生の近藤《こんどう》さん。おとなしそうな人だったから、自発的に自分の意見をいったことに、空乙《そらお》は少しおどろいた。

「どうちがうと思ったの？」

近藤《こんどう》さんに向かってそうきいたのは、鷲尾《わしお》さん。

それは……と近藤《こんどう》さんが口ごもってしまうと、鷲尾《わしお》さんはすぐに、「ごめんなさい」とあやまった。

「責《せ》めたわけじゃないの。単純《たんじゅん》に、どうちがうと思ったのか興味《きょうみ》がわいちゃって」

近藤《こんどう》さんは、いえ、そんな、というように首を横にふった。

「こちらこそ、すみません。すぐに答えられなくて。なんていうか……怒《おこ》りっぽい老人だから、失礼な態度《たいど》を取ってもゆるしてねっていわれると、ゆるさないほうが悪い、みたいになっちゃうというか」

「わかります」

坂田さんが、加わった。

「怒《おこ》りっぽい老人のしたことなんだからゆるしてもらえますよねって最初から決めつけて、形だけあやまってる感じがしましたよね」

なるほど、と空乙《そらお》は思った。

ゆるしてくれますよね？　って確認《かくにん》しながらあやまるのは、たしかにおかしい。

「なんかちがいましたよね」

ここで話に入ってきたのが、努力くん。

「といいつつおれも、こういってくれればよかったのにっていうのは、すぐには思いつかないんですけど」

思いきって、空乙《そらお》は手をあげてみた。

「あの、ただの説明だったらよかったのかもって、ちょっと思いました」

「ただの説明？」

「年を取ったら怒《おこ》りっぽくなってしまって、だから、あんなふうに怒鳴《どな》ったんだと思います、びっくりさせてごめんなさいねって」

努力くんの口が、アルファベットのOの形になった。おー、と感心してくれている。

「シンプルにそれいいかも。それならおれ、そうだったんですねって素直《すなお》にいえる気がする」

「わたしも」

鷲尾《わしお》さんも、手をあげていってくれた。

「それなら、そんなに気にしないでくださいっていえたかも」

うんうん、と近藤《こんどう》さんもうなずいてくれている。坂田さんは、腕《うで》を組んで首をかしげているから、あんまり納得《なっとく》してないのかもしれない。

黒いメガネの二回目さんは、興味《きょうみ》なさげに窓《まど》の向こうに目をやっている。

……本当にこの人、なんでここにいるんだろう。

努力くんが、大江《おおえ》先生をちらりと横目で見た。

「でも、おれはやっぱり、『先輩《せんぱい》のいい方も悪かった』に一票だけどね」

しばらくだまったままだった大江《おおえ》先生が、うん、というように、小さくうなずいてからいう。

「きみがそういうのなら、そうなのかもしれない。今後は気をつけます」

さて、と大江《おおえ》先生が、少し大きな声でいった。

「ひとまず、最後まで自己紹介《じこしょうかい》を済《す》ませてしまいましょうか」

あ、そっか、と空乙《そらお》はとなりの女の人に目を向けた。自分たちだけが、まだ自己《じこ》紹介《しょうかい》をしていない。

きょろ、と視線《しせん》を左右に動かしてから、髪《かみ》の長い女の人が立ちあがる。

「……えっと、カオって呼《よ》んでもらいたいです。『なんにもしない人』がおもしろかったので、話してみたいです」

カオさんは、あだ名で呼《よ》んでもらいたい人みたいだ。

知らないおとなに名前をきかれても、すぐに教えちゃいけないって、低学年のころに教わった。カオさんは、おとなになっても教わったとおりにしている人なのかもしれない。

みんなの視線《しせん》が、いつのまにか自分に集まっているのに気づく。がたがたといすをあばれさせながら、空乙《そらお》は急いで立ちあがった。

「猿島空乙《さるしまそらお》といいます。そこにいる――いらっしゃる長谷川先生の弟――弟さんと同じクラスの、小六です。学校では、空乙《そらお》とかそらちゃん、さるそらとか、呼《よ》ばれてます。努力くん――じゃなくて長谷川先生は、さるそらちゃんって呼《よ》びます。えーっと、なんだっけ、あ、そうだ、ショートフィルム！　『なんにもしない人』は話すのがちょっとむずかしそうだと思ったので、『猫《ねこ》』がいいです」

一気にしゃべってしまった。

あせるとつい、早口でばーっとしゃべってしまうのが、自分のよくないところだ。わかっているのに、いったんそうなると、とまらない。

大江《おおえ》先生が、にこにこしながらいう。

「じゃあ、さるそらさんって呼《よ》びましょうか」

全員の自己紹介《じこしょうかい》と、どちらのショートフィルムで座談会《ざだんかい》をするかの投票が終わった。

「それでは、集計します」

ホワイトボードには、努力くんが書きこんだ黒い文字がならんでいる。

猫《ねこ》のとなりには、正の字のうち、横線とたての線が二本ずつ。帰ってしまった加賀さんの一票も入っているけれど、四票だ。

なんにもしない人は、二票。

あとはパスが一票で、みんなで話すのは、『猫《ねこ》』のほうになった。

5　超能力《ちょうのうりょく》が使えるようになる？

努力くんが、ホワイトボードをいったん、まっ白な状態《じょうたい》にもどした。

猫《ねこ》、と大きく書きなおす。

「猫《ねこ》、かわいかったですね。あれは、マンチカンですかね」

大江《おおえ》先生が、のんびりとした口調で話しはじめた。

「マンチカンですね、あれは」

美大生の鷲尾《わしお》さんがそう教えると、大江《おおえ》先生は、にっこり笑ってうなずいた。

「ありがとうございます、鷲尾《わしお》さん。主役の猫《ねこ》はマンチカンだった、と。そのことに、意味はあったんでしょうか。どう思いますか？　さるそらさん。座《すわ》ったままでいいですよ」
気をぬいていた空乙《そらお》は、わわ、とあわてる。
開いていたノートに、急いで目をやった。家でまとめてきた『猫《ねこ》』のページをさがす。

・わたしは猫《ねこ》じゃないから、猫《ねこ》の気持ちはよくわからない。どうしてそんなに人間になりたかったのかな？
・猫好《ねこず》きな友だちがいて、その子はよく、猫《ねこ》になりたいっていっている。猫《ねこ》になって、自由気ままにすごしてみたいって。
・このショートフィルムの猫《ねこ》ちゃんも、猫《ねこ》がしないことをしている人間を見ていて、うらやましくなったのかも。
・だとしても、猫《ねこ》は人間にはなれないのだから、途中《とちゅう》であきらめて、猫《ねこ》としてしあわせに生きる方法をさがせばよかったと思う。

主役の猫《ねこ》ちゃんがマンチカンだったことについては、なにも書いていなかった。

「えっ……と、えーっと、ですね、ふつうの映画《えいが》でも、主役はきれいな女優《じょゆう》さんがやることが多いので、この『猫《ねこ》』でも、かわいい猫《ねこ》ちゃんを主役にしようってなって、それでマンチカンになったんじゃないかと思います」

大江《おおえ》先生は、うん、うん、と小さくうなずきながら聞いてくれていた。

「映画《えいが》の主役はきれいな人が多いから、『猫《ねこ》』も、特別かわいいマンチカンが選ばれたんじゃないか？　と」

「はい」

「そういう視点《してん》もあるのか……そっか、うん、おもしろいな。わたしはこの作品、そんなふうに考えてみたことはなかったので、すごくおもしろい視点《してん》だなと思いました」

頭の中が、かーっとなる。

かわいいっていわれるのが、いちばんうれしいことだと思っていた。たったいま、更新《こうしん》された気がする。もっとうれしい言葉が、あったのかもしれないって。

空乙《そらお》は頭の中で、『すごくおもしろい視点《してん》』とくり返しつぶやいてみた。すごくおもしろい視点《してん》。すごくおもしろい視点《してん》……。

はい、と近藤《こんどう》さんが手をあげた。

「わたしは、意味とかないのかなって思いました」

やっぱり近藤《こんどう》さんって積極的だ。おとなしそうな人って、自主的に手をあげたりする印象《いんしょう》がないのに。

たとえば、笹川《ささがわ》さんとか。頭はいいはずなのに、授業中《じゅぎょうちゅう》、手をあげて発言しているところを見たことがない。

「猫《ねこ》であれば、種類はなんでもよかったんじゃないでしょうか。猫《ねこ》は、ただの象徴《しょうちょう》だと思います」

大江《おおえ》先生が、「象徴《しょうちょう》？」ときき返す。

「自分じゃないなにかになりたいっていう存在《そんざい》の象徴《しょうちょう》です」

「なるほど」

今度は鷲尾《わしお》さんが、はい、と手をあげた。

「なんなら猫《ねこ》じゃなくてもよかったのかも。とにかく、『じにん』にずれのある存《そん》在《ざい》を、描《えが》きたかった作品だと思うので」

じにん？　ってなに？

空乙《そらお》が考えこんでいると、努力くんがホワイトボードに、『自認《じにん》』と書いた。

「自認《じにん》。ざっくりいうと、自分で自分のことをどう感じているか、という意味ですね」

努力くんがまだ話しおわっていないのに、あーはいはい、といきなり、大きな声が聞こえてきた。

「そういうやつだったんだ。はいはい、『自認《じにん》』でやっとわかった。わかりにくい作りだなあ。もっと伝わるように作ったほうがいいんじゃないのかな、こういうの

郵便はがき

101-0062

おそれいりますが切手をおはりください。

〈受取人〉

東京都千代田区神田駿河台2-5

株式会社　理論社

読者カード係　行

お名前（フリガナ）

ご住所　〒　　　　TEL

e-mail

書籍はお近くの書店様にご注文ください。または、理論社営業局にお電話くだ

代表・営業局：tel 03-6264-8890　fax 03-6264-8892

理論社

https://www.rironsha.com

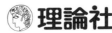

ご愛読ありがとうございます

読 者 カ ー ド

ご意見、ご感想、イラスト等、ご自由にお書きください。

読みいただいた本のタイトル

の本をどこでお知りになりましたか？

の本をどこの書店でお買い求めになりましたか？

の本をお買い求めになった理由を教えて下さい

齢　　　歳　　　●性別　男・女

職業　1. 学生（大・高・中・小・その他）　2. 会社員　3. 公務員　4. 教員
5. 会社経営　6. 自営業　7. 主婦　8. その他（　　　　）

感想を広告等、書籍のＰＲに使わせていただいてもよろしいでしょうか？

（実名で可・匿名で可・不可）

ご協力ありがとうございました。今後の参考にさせていただきます。

ただいた個人情報は、お問い合わせへのご返事、新刊のご案内送付等以外の目的には使用いたしません。

は」

二回目さんだった。これまでほとんどしゃべっていなかったのがうそのように、息もつかずにしゃべりつづける。

「ようするに猫《ねこ》は、『女になりたい男』とか、『男になりたい女』を意味していて、そういう存在《そんざい》がいかに世の中では認《みと》められていないか、認《みと》められずに生きることがどれだけ不幸かってていうことを描《えが》いた動画だったわけね」

えっ……そうなの？

そんなこと、ひとこともいってなかったと思うけど、と空乙《そらお》はとまどう。

「そういう見方もできるように作ってあったかもしれない作品、ということですよね」

努力くんが、あいづちを入れるようにいった。二回目さんは、それも最後まで聞かない。

「姑息《こそく》だと思うんだよなあ。自分のいいたいことを、あえて別のなにかに置きかえ

て、身近なことだと錯覚《さっかく》させようとしてるわけだから。洗脳《せんのう》でしょ、こんなの」

二回目さんのいっていることがよくわからない。姑息《こそく》？　錯覚《さっかく》？　洗脳《せんのう》？

「……というのが、二回目さんのご感想ですね。わかりました。では、カオさんはどのようにご覧《らん》になりましたか？」

二回目さんがひと息ついたのを見逃《みのが》さずに、大江《おおえ》先生がすかさず、空乙《そらお》のとなりにいるカオさんにバトンを渡《わた》してしまう。

「わたしは……よくわからなかったので、『猫《ねこ》』は選びませんでした。なので、感想も特にないというか……あ、でも、助けを求めても救《すく》われないっていう、絶望《ぜつぼう》を描《えが》いた作品なのかなとは思いました」

絶望《ぜつぼう》。

たしかに猫《ねこ》ちゃんは、最後まで救《すく》われなかった。

空乙《そらお》も、猫《ねこ》ちゃんは人間になりたがるのをやめて、猫《ねこ》ちゃんとして生きればよかったのに、とノートに書いている。

でも、絶望《ぜつぼう》を描《えが》いた作品だっていわれると、なにかちょっとちがう気がした。

なにがどうちがうのかは、うまく言葉にできないのだけれど……。

少しの沈黙《ちんもく》のあと、鷲尾《わしお》さんがふわりと話しだした。

「絶望《ぜつぼう》は描《えが》かれていましたよね、まちがいなく。ただ、『で？』という問いかけを、わたしは最後に感じました」

カオさんの考えを否定《ひてい》しているわけではない、と伝えつつ、自分の意見をいっているのだと、その話し方でわかる。

鷲尾《わしお》さん、名前も見た目も人柄《ひとがら》もかっこいいいな。ろんちゃんがおとなになったら、こんな感じになるのかも。

「いやいやいや、そういうんじゃないでしょ。批判《ひはん》だと思うけどね。世の中、少数派《は》に気をつかいすぎだっていう。これが本来の状況《じょうきょう》なわけで、こうなりたくなかったら、おまえらもうちょっとわきまえろっていいたいんじゃないの？」

また、二回目さん。

二回目さんのいうことは、なんだかうまく耳に入ってこない。すごくいやなことをいってるっぽいって感じたところで、頭が働くのをやめてしまう。

「あなた、二回目さんでしたっけ。さっきから好き勝手おっしゃってますけど、あなたのいうことには少しも共感できませんね」

はっ、と顔をあげる。

発言したのは、坂田さんだった。

「はあっ？」

二回目さんは、もともとのふきげんそうだった顔をさらにふきげんそうにして、もう一度、「はあっ？」といった。

二回目さんのふきげんそうな態度《たいど》が目に入ると、それだけで息がしにくい。息苦しくなってしまう。

「ちょーっとすみません」

努力くんがいきなり、コの字の中央に出てきた。

「突然《とつぜん》ですけど、座談会《ざだんかい》って、すごいことができちゃう場所だって知ってました？」

なにをいいだしたんだろう、いったい。

空乙《そらお》は努力くんの顔を、穴《あな》をあけられそうなくらい、じーっと見つめた。

あれっ、と思う。

このあいだは、小中時代のきらきらした感じがなくなっちゃった、と思った顔なのに。

いまはなんだか、印象《いんしょう》がまたちがう。

「じつは、超能力《ちょうのうりょく》が使えるようになるんです。座談会《ざだんかい》をしているあいだだけ」

えーっ、と声を出しそうになってしまった。あわてて口もとを両手でふさぐ。

超能力《ちょうのうりょく》が使えるようになる？

座談会《ざだんかい》をしているあいだだけ？

「ふつうの会話をしているだけだと、相手の本音ってわからないですよね。口ではほめてくれていても、内心では悪く思っているかもしれない。でも、座談会《ざだんかい》には――」

座談会《ざだんかい》には、といいながら、努力くんはホワイトボードの前にもどっていった。ボード専用《せんよう》の黒マジックで、『お題』と書く。

「座談会《ざだんかい》にはたいてい、『お題』があります。今回でいえば、『猫《ねこ》』というショートフィルムが『お題』です。この『お題』が、超能力《ちょうのうりょく》を発現《はつげん》させる装置《そうち》になるんです」

おとなりのカオさんが、うふ、と小さく笑ったのがわかった。努力くんにも、わかったみたいだ。

「信じてくれてませんね、カオさん。ぼくも、最初はそうでした。先輩《せんぱい》にいいましたもん、いまどき小学生だってだませねえよ、そんな話って」

ちら、と努力くんが大江《おおえ》先生を見る。

「いわれました。は？　超能力《ちょうのうりょく》？　ふざけてんの？　って」

もしかして努力くんも、最初は大江《おおえ》先生に、二回目さんみたいな態度《たいど》を取っていた……とか？

うんうん、とうなずいてから、努力くんが話をもとにもどす。

「あなたがふだん考えていることを、本音で話してくださいって初対面の相手にいわれても、え、なんで？　ってなりますよね」

なる……かな。なるかも。

どちらかといえばだれとでもすぐ仲よくなれる空乙《そらお》でも、初対面で本音を話したことはない気がする。

「でも、いっしょに見たショートフィルムの内容《ないよう》についてだったら？　感じたことをなんでも話してくださいっていわれたら、気軽に話せる気がしませんか？」

たしかに、あんなにだまりこくっていた二回目さんが、いきなりおしゃべりになったのは、座談会《ざだんかい》がはじまってからだ。

近藤《こんどう》さんも自発的に手をあげていたし、坂田さんも鷲尾《わしお》さんも、指名されたわけでもないのに発言していた。

「で、坂田さんはさっき、二回目さんに少し、むっとされましたよね」

いきなり問いかけられた坂田さんは、あわてた様子で首を横にふった。

「いや、わたしはそんな……」

「だいじょうぶです。ぼくも、二回目さんの『猫《ねこ》』の感想、だいぶむかついたんで」

がたっ、とパイプいすが動く音がした。二回目さんが、体をななめにしている。

二回目さんが体を動かしたのだとわかって、空乙《そらお》は緊張《きんちょう》した。二回目さんが、努力くんに殴《なぐ》りかかったらどうしよう！

空乙《そらお》は、視線《しせん》をいったりきたりさせた。努力くんはホワイトボードを背《せ》にして、生徒全員のほうを向いたまま。二回目さんは、いつでも長机《ながづくえ》の前をはなれられる体《たい》勢《せい》のままだ。

「二回目さんは、『猫《ねこ》』についての感想を話していたつもりなのに、じつは、ふだん考えていることを話してしまっていた。それを聞いて、坂田さんもぼくも、うわー、この人、そんなこと考えてたんだ、最悪じゃんって思ったわけです」

なんか坂田さん、巻《ま》きこまれちゃっててかわいそう……かも。

「これが、さっきいった超能力《ちょうのうりょく》です。座談会《ざだんかい》をしているあいだだけ使える、超能《ちょうのう》力《りょく》」

超能力《ちょうのうりょく》です、といいながら努力くんは、両手を胸《むね》の前でパーの形に開いた。パワーを放出しているポーズで、みんなを笑わせようとしている。笑ったのは空乙《そらお》と鷲尾《わしお》さんだけだったけれど。

「本音を話しているわけでもなんでもない人の本音を知ることができる。つまり、頭の中をのぞき見することができてしまうんです」

座談会《ざだんかい》をしているあいだだけ使える、超能力《ちょうのうりょく》。

いわれてみればたしかに、だった。

猫《ねこ》ちゃんのショートフィルムの感想を話していただけなのに、近藤《こんどう》さん、鷲尾《わしお》さん、二回目さん、坂田さん、それぞれの『こういう人なのかも』っていう印象《いんしょう》が、空乙《そらお》の中でくっきりした気がする。

少ししか話さなかったカオさんの印象《いんしょう》は、自己紹介《じこしょうかい》のときのままだ。

「だからなんなの？　悪口いわれたくなきゃ、だまっとけって？」

二回目さんが、早口にいった。ちょっと声が震《ふる》えている。怒《おこ》りすぎて震《ふる》えているんじゃないといいけど……。

「それがね、二回目さん。不思議なことに、だまっているっていう状態《じょうたい》がもう、本音の露出《ろしゅつ》になっちゃうんです。この話題には加わりたくないんだなっていう情報《じょうほう》を与《あた》えていることになりますから」

「じゃあ、参加したおれがばかだったってことだ。わかったよ、帰るわ」

とうとう二回目さんが、いすから立ちあがった。今度こそ出ていってくれそうだ。

空乙《そらお》は、きりっとまじめな顔のまま、心の中だけでにこにこした。

立ちあがった二回目さんに、努力くんがいう。

「もちろん、お帰りになりたいなら自由になさってください。ただ、いまお帰りになると、どうして自分だけこんなにひどいことをいわれているのか、わからないままになってしまいますけどね」

努力くん、二回目さんをまったくこわがっていない。なんか……ちょっとすごいかも。

空乙《そらお》にとって二回目さんは、コントロール不能《ふのう》になったロボットみたいな存在《そんざい》だ。ふとした拍子《ひょうし》にめちゃくちゃに暴《あば》れまわりそうで、近づくのもこわいって感じてしまう。

「いままでにも、あったんじゃありませんか？　自分ではそんなつもりはなかったのに、まわりの人を不快《ふかい》な気持ちにさせてしまったこととか、気がつくとまわりから人がいなくなっていたことなんかが」

はらはらしながら、努力くんと二回目さんを交互《こうご》に見る。二回目さんはいすから立ちあがっただけで、まだ歩きだしていない。

「座談会《ざだんかい》では、自分の頭の中も見られてしまいますけど、ほかの人の頭の中も見ることができるんですよ？　見てみたくないですか、ほかの人の頭の中」

そっか。超能力《ちょうのうりょく》が使えるようになるのは、自分だけじゃなくて、ほかの人もなんだ。

見えちゃうし、見られちゃう。

そういうことなんだ。

座談会《ざだんかい》に参加するということは、おたがいの頭の中をのぞきあうこと。

ずばり口に出していわなくても、本当に思っていること、ふだん考えていることが、わかってしまうし、わかられてしまう。

「……気色わる。なんだよそれ」

そういって二回目さんは――座《すわ》った。

えーっ？

座《すわ》るの？　出ていかないの？

目いっぱい、空乙《そらお》はおどろいた。おどろくだけおどろいたあと、どうしても解《と》けなかった問題の答えのページを、やっとめくれたときのような気分になった。

努力くんがいったとおりの経験《けいけん》を、二回目さんはしたことがあるのかもしれない。

だから、ほかの人の頭をのぞいてみたい、と思って……。

だったら素直《すなお》に、「すみませんでした、このまま授業《じゅぎょう》を受けます」っていってから座《すわ》りなおせばいいのに、二回目さんにはそれができない。空乙《そらお》には理解《りかい》しにくいことだけれど、とにかく、できない。だから、文句《もんく》をいいながら出ていかないっていう、おかしな行動を取ってしまう。

なんていうか……二回目さんってかわいそうな人なのかも。そんなふうに思っているのがばれたら、またふきげんになっちゃいそうだけど。

空乙《そらお》にしてみれば、かわいそうだと思えるようになったいまのほうが、二回目さんは人間っぽくなった。コントロール不能《ふのう》のロボットだったときよりも、だいぶこわくない。

知るって、すごいな。

こわかった人がこわくなくなるんだから。

「おっと、残り二十分ですね。つづけましょうか」

二回目さんのことは努力くんに任《まか》せた、とばかりにだまりこんでいた大江《おおえ》先生が、久《ひさ》しぶりに口を開いた。

「『猫《ねこ》』はジェンダー問題を描《えが》いた作品なんじゃないかという意見が出ましたけど、それについてはカオさん、どう思われますか?」

二度目の名指しをされたカオさんは、こふっと小さくせき払《ばら》いをしてから、首を少し横にかたむけた。

「どう思うか……ですよね。すみません、よくわかりません。さっきもいいましたけど、『猫《ねこ》』はわたしにはよくわかりませんでした」

「カオさんは、『なんにもしない人』のほうを選んだんでしたね。わからない、というのは、猫《ねこ》の気持ちですか。それとも、作品全体のテーマみたいな部分に関して?」

カオさんは、今度は逆《ぎゃく》の向きに首をかしげた。

「なにがわからないのかも、よくわからない感じです」

「なるほど。興味《きょうみ》を持てなかった?」

「よくわからないな、と思ってからは、ぼーっと見てしまいました」

大江《おおえ》先生は、右肩《みぎかた》に乗っていた長いピンクの髪《かみ》を、背中《せなか》に向かって無造作《むぞうさ》にはらいのけた。女の人がするしぐさにしては、やや荒《あら》っぽい。だからといって、ロングヘアの男の人を空乙《そらお》は見たことがないから、男っぽい仕草だともいいきれない。

大江《おおえ》先生は、大江《おおえ》先生って感じがする。

女の人でも男の人でもなく、本当にただ、大江《おおえ》先生にしか見えない。

鷲尾《わしお》さんが遠慮《えんりょ》気味なトーンで、もしかして、といった。

「この作品のことは、わかりたくないって、思ってたりとか?」

とたんにカオさんが、「いえ」と首を横にふる。

「それはないです」

強めの否定《ひてい》に、鷲尾《わしお》さんがちょっとおどろいた顔をしている。

空乙《そらお》も、ちょっとびっくりしていた。カオさんが、こんなにはっきり感情《かんじょう》を出すなんてって。

いままでカオさんのことは、もの静かでやさしげな人だと思っていた。目が合った小学生にほほえんでくれるいい人だ、としか思っていなかった。

でも、いまの否定《ひてい》はなんだかちょっと……攻撃的《こうげきてき》な感じだったかも。

「すみません、もしかしてって思っただけだったんですけど」

鷲尾《わしお》さんはすぐにあやまった。

大江《おおえ》先生が、カオさんに向かっていう。

「もしかしてって、カオさんも思ってみたらどうでしょう」

「え？」

「もしかしてって考えもしないで、答えましたよね、さっき」

たしかにカオさんが「それはないです」って答えたのは、早かった。鷲尾《わしお》さんがいい終わるのと、ほぼ同時くらいだった。

「考えてみてから、答える。きかれたことに答えるって、そういうことなんじゃないかなと」

カオさんは、首をかしげたまま考えこんでいる。なかなか返事をしない。

「あの、大江《おおえ》先生」

中学生の近藤《こんどう》さんが、手をあげた。

「長谷川先生もさっきおっしゃっていましたけど、大江《おおえ》先生は少し言葉がきつい気がします。だから、カオさんも答えられないんじゃないでしょうか」

おお、近藤《こんどう》さん、やっぱり自分の意見はちゃんという人だ。

「きつかったですか？　すみません。伝えたいことは、より効果的《こうかてき》に聞こえるようにと、つい思ってしまうものですから」

ささやくような声で、カオさんがなにかいった。

室内が、しんと静まる。全員が耳をすましているからだ。

「……ないです」

「ない？」

なにがでしょう、と大江《おおえ》先生がきき返す。

「先生の言葉がきついなんて、思ってないです」

また、否定《ひてい》。

近藤《こんどう》さんはきっと、カオさんのためにいってくれたのに。ううん、きっとじゃない。絶対《ぜったい》に、だ。

空乙《そらお》の頭の中に、大きな脳《のう》の模型《もけい》が、ぷかーっと浮《う》かんできた。ゆっくりと、回転しはじめる。

これは、カオさんの脳《のう》。

どうしてカオさんは、鷲尾《わしお》さんのいうことも、近藤《こんどう》さんのいうことも否定《ひてい》しちゃうの？『もしかして』って考えてみる前に。

教えて、カオさんの脳《のう》。

……だめだ。

見えてこない。

カオさんの頭の中をのぞけない。

座談会《ざだんかい》はまだつづいているはずなのに。

もしかしてカオさんも、ちょっとむずかしい人？

出ていっちゃったおじいさんや、大江《おおえ》先生の性別《せいべつ》にこだわった加賀さん、二回目さんは、わかりやすく問題がある人っぽいけれど、カオさんは、わかりにくく問題のある人？

そういう人の頭の中は、のぞきにくいのかもしれない。

「えーっと、ちょっと本題から脱線《だっせん》してきちゃったかもですね」

努力くんが、仕切り直すように大きな声を出した。

「では、『猫《ねこ》』に話をもどしましょう」

大江《おおえ》先生が、ホワイトボードに書かれた『猫《ねこ》』の文字を、こつこつとノックする。

「もしあなたが、自分のことを猫《ねこ》だと思うようになったらどうしますか？『猫《ねこ》』の主人公のように、まわりに理解《りかい》を求めますか？　猫《ねこ》になるなんてむりだとあきらめますか？」

考えてみてください、宿題です。

最後にそういって、大江《おおえ》先生は二回目の授業《じゅぎょう》を終わりにした。

6 なりたいおとなのはじまり

空乙《そらお》は考えている。
ずーっと考えている。
考えても、答えは出てこない。
だから、ずっと考えてしまう。
教室の中は、もうすぐ終わる休み時間を惜《お》しむように、がやがやとさわがしかった。
『もしあなたが、自分のことを猫《ねこ》だと思うようになったらどうしますか？』
どうするんだろう、本当に。

ママに相談？　むり。絶対《ぜったい》にむり。まじめにきいてもらえるわけがない。そらちゃんはすぐママのこと笑わせようとするんだもん、とかいって、本気にしてくれないと思う。

じゃあ、パパ？　パパに話してみる？　なんか……こわいかも。いいたくない。は？　猫《ねこ》？　なにいってんのそら、ってすごく冷たくいわれちゃう気がする。だってパパって、ときどきママにそんな感じだから。

ろんちゃんと長谷川になら、話せるかな。話せる気はする。

話せるだろうけど……。

「――ら、さるそら！」

急にボリュームのあがったテレビみたいに、長谷川の声が大音量になって耳に飛びこんできた。

「びっくりしたー。なに、急に大声だして」

「急にじゃねえし。ずっと呼《よ》んでたし」

長谷川の顔が、すぐ目の前にあった。前の席にうしろ向きに座《すわ》って、空乙《そらお》の顔をのぞきこんでいる。

「それは、ごめん。で?」

「だから、塾《じゅく》はどうよって」

「どうって、楽しいよ」

「楽しいの?　まじで?」

「楽しいよ、まじで」

長谷川の意外そうな顔のすぐ横に、すらっとした腕《うで》が見えている。ろんちゃんの腕《うで》だ。

「なにが楽しいの?」

あらためてきかれると、返事につまる。

「……なんだろ。なにが楽しいのかはよくわかんないんだけど、授業《じゅぎょう》が終わると、もう次の塾《じゅく》の日が楽しみなんだよね」

よくわからない、と口にしたとき、一瞬《いっしゅん》、ぎくっとした。自分はいま、ちゃんと考えてからそういったかなって。

「次も水曜日？」

長谷川にきかれて、「再来週《さらいしゅう》のね」と空乙《そらお》は答えた。ふうん、といいながら、長谷川が立ちあがる。

「席もどろーっと」

ろんちゃんも、ひらひらと手をふってから、自分の席にもどっていった。黒のぴたっとしたパンツが、長い足によく似合《にあ》っている。

担任《たんにん》の古屋先生が教室に入ってくると、まだ席についていなかった何人かが、ばたばたたと教室を横切って走った。

教卓《きょうたく》にプリントの束を置きながら、古屋先生が注意する。

「走るくらいなら、余裕《よゆう》を持って席についておいたらいいと思うんだけどな、先生は」

うしろの席から、ひそひそ声が聞こえてきた。

「出た、ふるやばのいやみ」

「早く席つけー、でいいのにね」

いわれてみればたしかに、だけど、いやみというほど、いやみないい方でもなかったような……。

空乙《そらお》はノートのはしに、『わたしってどんかん？』と書いてみた。

みんなみたいに、あ、いまのいやみだ、なんてすぐに気づけない。いわれてみれば、と思ってやっと気づく感じ。

なんだかどんどん、自分ってだめな子な気がしてくる。いままでそんなふうに思ったことなんかなかったのに。

高橋くんに冷ややかな目で見られてから少しずつ、自分のきらきらしていた部分が、がりがりとけずられつづけているような気がする。かき氷になるのが運命の氷みたいに。

最後のかけらまでかき氷になっちゃったら、なにが残るんだろう。

……まさか、なにも残らない？

休み時間になるとすぐに、空乙《そらお》は廊下《ろうか》に出た。

いつもとちがうどこかにいきたい！　発作《ほっさ》みたいにそう思って、思ったらもう体が動いていた。早く早く、教室の外へ！　って。

ななめ前の席の長谷川が、いつもみたいにこっちをふり返ろうとしていたのには気づいていたけれど、立ちどまる気にはならなかった。

もしかしたら長谷川とろんちゃんから、Q世代塾《じゅく》のことをまたきかれるのがいやだったのかもしれない。

だってふたりとも、Q世代塾《じゅく》に通いはじめたことをよく思ってなさそうなんだもの。はっきりいわれなくたって、そういうのってなんとなくわかる。空乙《そらお》だって、そこまでにぶくない。

廊下《ろうか》を歩きだしてすぐ、先に教室を出ていた古屋先生のうしろすがたを見つけた。早足で歩いている。

先生と話してみる？

いつもとちがうどこかにいきたいと思ったように、いつもとちがうだれかと話してみたくなった。

先生に追いつくため、空乙《そらお》も早足で歩きだす。古屋先生の背中《せなか》まであと少し、というところまできたところで、

「笹川《ささがわ》さん！」

いきなり先生が大きな声を出したので、飛びあがりそうなくらいびっくりした。

先生の体の向こうに、少し丸まった白いブラウスの背中《せなか》が見えている。笹川《ささがわ》さんがいたことに、空乙《そらお》は気づいていなかった。

ゆっくりと、笹川《ささがわ》さんがふり返る。

どうしていいかわからずに、空乙《そらお》もその場に立ちつくしたままになった。

「またあそこにいくの？」

古屋先生の声が、いつもより少しだけ低く聞こえる。

「ちが……います」

「どこにいくところ？」

「……お手洗《てあら》いに」

「お手洗《てあら》いは方向が逆《ぎゃく》でしょ。ごまかすのはやめて。時間がもったいない」

……え？

なんだか急に、古屋先生のまわりの空気が変わったような気がする。三度くらい、気温がさがった感じ。

「本当のこといってくれる？　あそこにいこうとしてたのよね？」

あそこってたぶん、あそこだ。屋上に出る手前の踊《おど》り場。笹川《ささがわ》さんが読書しにいっていたところ。古屋先生も、そのことを知っているみたいだ。

「特に決めていたわけでは……ないです」

「そう。じゃあ、いかないのね、あそこには」

「いかない、です」

「前にもいったけれど、ああいう不満の表し方はよくない、とわたしは思ってますから。何度でも、注意しますよ。わかりましたか？」

「……わかりました」

「はい、じゃあ、いっていいですよ。あそこ以外なら、どこにでも」

……えー？

やっぱり先生、なんかすごく……ものすごく、笹川《ささがわ》さんへの話し方が冷たい。あんな話し方する先生だっけ？

古屋先生が歩きだす。笹川《ささがわ》さんとのあいだにあった背中《せなか》が消えたせいで、思いきり対面した状態《じょうたい》になってしまった。

「あ……」

空乙《そらお》がいたことに気づいて、笹川《ささがわ》さんの顔がみるみるうちに赤くなっていく。

「あの、えっと……」

なにかいわなくちゃ、とあせればあせるほど、言葉が出てこない。

笹川《ささがわ》さんは、まっ赤な顔をしてうつむいている。とっさに空乙《そらお》は、笹川《ささがわ》さんの手をつかんだ。そのまま早足で歩きだしてしまう。

廊下《ろうか》を奥《おく》までいって、階段《かいだん》をのぼって、屋上の手前の踊《おど》り場まで。一度も立ちどまらず、ずんずん進んだ。

「さっ、猿島《さるしま》さん……あの、猿島《さるしま》さんっ」

笹川《ささがわ》さんに名前を呼《よ》ばれるまで、空乙《そらお》にはほとんど意識《いしき》がなかった。意識《いしき》がないまま、動いていた。

「わ、びっくりした」

だから、そういった。

笹川《ささがわ》さんが、「え?」という顔をしている。なにに？　と思っているにちがいな

い。

「あのね、いま、意識《いしき》なかったの。意識《いしき》ない状態《じょうたい》で、ここまできちゃった」

だから、名前を呼《よ》ばれてびっくりしちゃったんだよね、と説明した。

笹川《ささがわ》さんは、おどろいたのと、おかしくて笑いそうになっているのと、その中間のような顔のまま、うん、うん、とうなずきながら聞いてくれている。

突然《とつぜん》、わーってさけびたくなった。

なんで？　なんで古屋先生、笹川《ささがわ》さんにあんな話し方したの？　おかしくない？　おかしいよね。なんでなの？　わかんない。わかんないけど、なんかすごく、すごく怒《おこ》りたい！

だから、さけんだ。思いっきり。

「むかつく！」

つぶやくように、笹川《ささがわ》さんがいった。

「……どうして……」

「え？」

「どうして猿島《さるしま》さんが、怒《おこ》るの？　わたしのことなのに……」

笹川《ささがわ》さんが、ふふっと笑った。

笑ってしまったら、とまらなくなった、というように、ふふふ、うふふふ、と笑いつづけている。

「おかし……猿島《さるしま》さんが、怒《おこ》ることなんてないのに……ふふ……ふっ……」

笑い声は、泣き声にも聞こえた。

不思議な笑い声を聞いているうちに、自分の手が笹川《ささがわ》さんの手をつかんだままだったことに気づく。

空乙《そらお》はいったん、笹川《ささがわ》さんの手をはなした。そのあと、今度はちゃんと手のひらと手のひらをくっつけてから、ぎゅっとにぎり直した。

見つかってしまったのだという。

休み時間に、ひとりでこの踊《おど》り場《ば》にいるところを。

最初は、注意されただけだった。こんなところにひとりでいたらさみしいでしょって。

二度目に見つかったときにはもう、古屋先生はあんな話し方になっていたらしい。

本を読みたいなら、図書室にいけばいいじゃない。どうしてわざわざこんなところで読む必要があるの？　クラスになじめていませんっていうアピール？　自分はほかの子とはちがうって思いたい？　意味ないよ、そういうの。余計《よけい》にみじめになるだけでしょ？　わかるのよ、先生には。あなたみたいな子、たくさん見てきてるんだから――。

「ひどい、なんでそんなに笹川《ささがわ》さんのこと責《せ》めるのかな」

「自分のクラスから、不登校とか保健室《ほけんしつ》登校の子が出るのがいやなんだよ、たぶん。わたしのこと、その傾向《けいこう》がありそうって思ってるんじゃないかな」

そういえば、笹川《ささがわ》さんがだれかと仲よさそうにしているところを見たことがない気がする。いじめられたりは、していないはずだけど。

「うちのクラス、きらい？」

「きらいとかじゃなくて、苦手なの」

「うちのクラスが？」

「休み時間の教室が。男子とか、大きな声出すでしょ」

「そうだったんだ。ごめん、わたしもうるさいがわだよね」

「いいの、それは。わたしが苦手なだけなんだから。最初は図書室にいってたんだけど、意外とおしゃべりしにくる子が多くて、やっとここに落ちついたの。先生に見つかったあとは、しばらくこないようにしてたんだけど、やっぱりここがよくって」

「そうだったんだ」

「先生が怒《おこ》りたくなるのも、わからなくはないんだけどね」

「わかることなんかないよ！　あんな態度《たいど》、ひどすぎるもん」

「先生はきっと、猿島《さるしま》さんみたいな元気でかわいげのある女子が好きなんだよ。わたしみたいな暗くて地味な子はきらいだから、やさしくできないんだと思う」

いわれてみれば、空乙《そらお》はよく古屋先生からほめられる。猿島《さるしま》さんみたいな子がいてくれてうちのクラスはラッキーだっていわれたこともあるし、職員室《しょくいんしつ》に顔を出すような用事をたのまれることも少なくない。

意識《いしき》したことはなかったけれど、空乙《そらお》とほかのみんなとでは、古屋先生の話し方や態度《たいど》って、もしかしたらちょっとちがっていたのかもしれない。

だから、みんなにとってはふるやば先生なのに、空乙《そらお》には古屋先生のままだった？

「わたし……鈍感《どんかん》なのかも」

ぽつりと空乙《そらお》がいうと、笹川《ささがわ》さんはぶんぶんと首を横にふった。

「そんなことない。猿島《さるしま》さんは、人のいいところのほうが目に入りやすい人なだけだよ」

素敵《すてき》な考え方する人なんだなあ、笹川《ささがわ》さん。

それなのに、古屋先生はあんな冷たい話し方をして。とんでもない先生だ。

いまの空乙《そらお》には、もうわかる。古屋先生は、平等に生徒に接《せっ》していない悪い先生だ。

「ねえ、笹川《ささがわ》さん。わたしもときどき、ここにきてもいい？」

「えっ、ここに？」

「うん、笹川《ささがわ》さんといっしょに、ここにいたいなって思ったとき」

自分がそばにいれば、守ってあげられるかもしれない。古屋先生から。

笹川《ささがわ》さんが、視線《しせん》をゆらゆらさせている。

「それは……えっと……」

こまっているのがわかった。

「うそ！　ごめん、いってみただけ！　そうだよね、読書のじゃまだもんね」

そうだった。

笹川《ささがわ》さんは、うるさいのが苦手な人だった。

自分みたいなのがそばにいたら、せっかくの静かな場所が台なしだよね……。


日曜日。

久《ひさ》しぶりにパパが、午前中のリモート会議のあとは仕事がないからって、午後からのドライブを提案《ていあん》してきた。

せっかくのお誘《さそ》いなのに、なぜだかママは乗り気じゃないみたい。

ふたりでいってきたら、だって。

「どうする？　そら」

「ふたりでいっちゃう？」

「いっちゃうか」

ママは見送りにも出てこなくて、ソファにしずみこんだままだった。

「どうしちゃったのかな、ママ」

シートベルトをしめながら空乙《そらお》がそういうと、パパは、えへえ、と変な笑い方をした。

「じつはさ、きのうけんかしちゃって」

「え？　いつのまに？」

「そらが寝《ね》たあとに」

まったく気がつかなかった。

パパとママの寝室《しんしつ》はいっしょだけど、空乙《そらお》は自分の部屋にひとりで寝《ね》ている。

「なにが原因《げんいん》？　パパが忙《いそが》しすぎること？」

「ぎく」

ぎくって、と空乙《そらお》は笑った。

車は駐車《ちゅうしゃ》スペースを出て、バス通りへと向かう。

「道の駅でもいくか」

「うん！」

高速に乗ると、パパはママとのけんかの原因《げんいん》を話してくれた。

「そらはさ、塾《じゅく》……Q世代塾《じゅく》だっけ、楽しそうに通ってるじゃん？」

「楽しいよ、塾《じゅく》」

「なんかさあ、ママ、それが気に入らないようなことというんだよね」

「あー……わかる。ママはさ、そらが勉強好きになるの、いやなんだよ」

「気づいてたか。いや、そうなんだよ。ママはさ、そらにいままでのそらのままでいてほしい人なの」

「知ってる」

「パパはね、いままでのそらも大好きだし、これから変わっていくそらも楽しみなわけ。そういったらさ、もうわーわーいい出しちゃって」

「わーわー？」

「そう、『そらちゃんが清薫学園《せいくんがくえん》にいきたいっていいだしたら、パパのせいだからね！』とか、意味わかんねえし。そらが清薫《せいくん》いきたいなら、いかせてやればいいだけじゃん。通学に時間がかかるとか、そんなのどおーってでもいいし！」

わー……パパもまだ、ママとのけんか引きずっちゃってるみたい。

パパが怒《おこ》りたくなる気持ちは、わかる。すごくよくわかる。

最近は空乙《そらお》も、ママにもやもやすることがよくあるから。

でも……。

「ねえ、パパ」

「うん？」

三車線の高速道路を、車は軽快《けいかい》に走っている。空が近くて、いつも歩いている地面は遠いのが、すごく楽しい。

「ママはさ、空乙《そらお》のことでパパに聞いてほしい話をきのう、パパにしたんだよね？」

「そうだよ」

「じゃあ、『わーわー』なんていってないよね？」

「それは……まあ、うん」

「でも、『わーわー』いってたって、パパはいったよ」

「……いったね」

「ママがばかにされてるみたいで、そらは聞いてて、やな感じがしたよ」

パパがだまってしまった。フロントガラスの向こうには、青い空。よく晴れたお天気のいい、日曜日のドライブ。

魔法《まほう》がとけたように、空乙《そらお》は急に、『いいすぎた』と思った。思ったけれど、いわなかったことには、もうできない。

ママの味方をしたかったわけじゃない。空乙《そらお》だって、ママの押《お》しつけにはうんざりしている。パパがママに文句《もんく》をいいたくなる気持ちはだれよりもわかったうえで、それでも空乙《そらお》は、聞きながすことができなかった。

ママはママなりに、パパにわかってもらいたくて、一生懸命《けんめい》、話したはず。それを、『わーわー』だなんていってほしくなかった。

「うん、そらのいうとおりだ。ママは、『わーわー』なんていってなかった」

パパは、バックミラー越《ご》しに空乙《そらお》をちらっと見た。運転中だから、本当にちらっとだけ。

「ママは本当にいつも面倒《めんどう》なことばっかりいってくるなあっていう気持ちがパパの中にちょっとだけあって、だから、無意識《むいしき》にそんないい方したんだと思う」

パパなりに、空乙《そらお》には適当《てきとう》なごまかし方はしたくないって考えてくれたんだな、と伝わる話し方だった。最悪、『空乙《そらお》も面倒《めんどう》なことというようになっちゃったな』っていわれてもおかしくなかったのに。

パパは、娘《むすめ》にはちゃんと向きあってくれるんだってわかった。わかったからこそ、胸《むね》がぎゅっとなった。

だって、ちゃんと向きあってもらえていないママもかわいそうだし、いちばん近くにいる人にそんなふうに接《せっ》してしまっているパパも、かわいそうだから。

ふたりともかわいそうで、胸《むね》がぎゅっとなる。ぎゅっとなるのは、ふたりのことが心配で、かわいそうじゃなくいてほしいからなんだろうな、と思った。

いまよりずっと小さいころ、「ママの全部が好き!」「パパにきらいなところなんてない!」ってなんの疑《うたが》いもなく思えていた自分が、少しだけ恋《こい》しい。

いまの自分はきっと、ママがいやがっていたことをする子に近づいていっちゃってる。

だって、知っちゃったんだもの。なりたくないおとなっているんだなって。なりたくないおとなが、こんな近くにいたんだって。

知っちゃったものは、しょうがない。いいすぎた、と思っても、いってなかったことにはできないのと同じ。

知っちゃったあとの自分のまま、進むしかない。

でも、だいじょうぶ。

ママの全部がきらいになったわけじゃないし、パパに好きなところなんてない、と思っているわけでもない。

ほんの少し、進化しただけ。

人間のはじまりが類人猿《るいじんえん》だったように、空乙《そらお》のなりたいおとなのはじまりは、いまの自分なだけ。

「ねえ、パパ。ソフトクリームとジェラート、どっち食べる？」

「うーん？　それは迷《まよ》うとこだなあ」

「じゃあ、両方買って、半分ずつ食べよ！」

「食べきれるかあ、そら」

「ひとり分くらいちゃんと食べきれるよ、もう」

7　座談会《ざだんかい》はつづいている

三回目のQ世代塾《じゅく》の授業《じゅぎょう》は、宿題の発表からはじまった。

前回の座談会《ざだんかい》の、最後に出た宿題。

『もしあなたが、自分のことを猫《ねこ》だと思うようになったらどうしますか？』

机《つくえ》のならび方は、今回もコの字。

顔ぶれも、座《すわ》っている場所も、前回とまったく同じだ。

前回とちがったのは、最初に指名されたのが坂田さんではなく、二回目さんだったこと。

二回目さんはやっぱり、「パスで」だった。

前に聞いた「パスで」は、ただの「パスで」だったのに、いま聞いた「パスで」は、ただの「パスで」じゃなかった。

『自分なりに考えていることもいいたいこともあるけれど、きっとまたみんなからおかしな目で見られるだけだから、なにもいいたくない。だから、パスで』

そういったんだと、わかった。

座談会《ざだんかい》はまだ、つづいている。

だから、二回目さんの頭の中がのぞけてしまうんだな、と空乙《そらお》は思った。

「親しい人にはなにもいいません。自分をよく知らない人には、いうかもしれないです」

これは、坂田さんの答え。

「信頼《しんらい》できる人に、相談はすると思います。未成年なので、まずは親に。親の理解《りかい》が得《え》られなければ、保健室《ほけんしつ》の先生かなあ……」

これは、近藤《こんどう》さん。

「猫《ねこ》として生きていけるように、なにか行動はするんじゃないかと。ただ、口でいうほど簡単《かんたん》なことじゃないのはわかっているので、これは本当の答えじゃないかもしれません」

これは、鷲尾《わしお》さん。

そして、カオさん。

「人間だと思っていたころにもどる方法はないのか、まずは考えます。ないってわかったら、わたしはたぶん……死んじゃうかな」

ぎょっとしてしまう答えだった。

空乙《そらお》にはまだちゃんとのぞくことができていないカオさんの頭の中も、あとちょっとでのぞけそう。そんな気がする答えでもあった。

そのあとが、空乙《そらお》。

「猫《ねこ》ちゃんと同じように、旅に出ます。いろんな人に会ったり、いろんなことを体験します。そのあと、考えます。自分が生きたい人生は、人間のままでも送れるの

か、猫《ねこ》じゃなくちゃ送れないのか。よく考えてから、決めたいです。まわりの人にいうのか、いわないのか、猫《ねこ》になるのをあきらめるのか、あきらめないのか。よく考えたあとに、決めます」

大江《おおえ》先生は、みなさんありがとうございました、と全員に向かってお辞儀《じぎ》をしてから、こうまとめた。

「みなさんがこうして考えてくださったことは、当たり前ですが、論文《ろんぶん》になったり、報道《ほうどう》されたりはしません。なので、後世に残るような形にはなりません。それでも、『あったもの』にはなる、とわたしは思っています」

あったもの。

不思議な言葉だと、空乙《そらお》は思った。

いまいったこと、考えたことは、一秒でも時間が先に進めば、『あったもの』になる。

自分も、自分以外のだれかも、数えきれないくらいの『あったもの』を一秒前に残しながら、先に進みつづけている。

ふり返ればそこにはいつだって、『あったもの』でおおいつくされた、一秒前の世界がある……。

「いいとか悪いとか、すぐれている、すぐれていないは関係ない。『あったもの』がたくさんあればあるほど、未来は限定的《げんていてき》ではなくなる。みなさんは、前回の座談《ざだん》会《かい》からひきつづき、『猫《ねこ》』について考えてくださいました。未来はまた少し、形を変えたと思います」

えー、では、と大江《おおえ》先生が次の話に移《うつ》ろうとしたのを察して、坂田さんが、「あのう」といった。

「最終的に、『猫《ねこ》』にはじつはこういう意味があった、という説明的なものはないのでしょうか？」

大江《おおえ》先生はにこにこしながら、「ないんです」と答えた。

「……ないんですか？」

「必要ないんです。『猫《ねこ》』は、みなさんとの座談会《ざだんかい》のために作った動画ですから」

作った？

あの凝《こ》ったＣＧ《シージー》動画を、大江《おおえ》先生が？

びっくりしているのは、空乙《そらお》だけじゃなかった。みんな、「え、すごい」とか

「あれを作ったんだ」とかいっている。

大江《おおえ》先生は、おだやかな話し方で最後にこういった。

「みんなで観て、感想をいいあって、質問《しつもん》をしあって、それぞれの考えがあることを確認《かくにん》しあう。そのための『猫《ねこ》』でした。なので、じつはこういう意味があった、という答えあわせは必要ないんです」

ママにお使いをたのまれた。

麻婆豆腐《マーボーどうふ》を作るのに必要な調味料を、切らしていたみたい。

「えーと、ハオジャオ、ハオジャオ……」

調味料売り場の棚《たな》の前を横歩きしていたら、あれっ？　と思う声が聞こえてきた。

「こまってますけど、本当に」

「そんなふうには見えないもん」

「見えないっていわれても、本当にこまってます」

「どうしてこまるの？」

「何度もいってますけど、待ちぶせとか、ふつうにこわいです」

「こわいわけないでしょ」

「こわいです」

「こわいとかいわないで」

「本当のことです」

「ひどい……」

「ひどくないです。本当のことをいってるだけです」

やっぱり、そうだ。

こまっているほうの声は、大江《おおえ》先生。

もうひとつの声は——。

「よっ、さるそら」

「わあっ」

いきなり声をかけられて、肩《かた》が耳にくっつきそうなくらい、びくーっとなった。

しーっ、といいながら、うしろをふり返る。さるそらと呼《よ》ばれたときから、そこにいるのは長谷川だとわかっていたからだ。

「は?」

しーっ、といわれたのが意味不明だったらしい。

「いいから、しーっ」

なんなんだよ、と文句《もんく》をいっている長谷川はそのままに、空乙《そらお》は棚《たな》の前を移動《いどう》しはじめた。大江《おおえ》先生たちの声が聞こえていたのは、となりの通路のはず。

¥298

顔だけとなりの通路に出そうとしたとたん、「わっ」とさけんでしまった。

「こんばんは、さるそらさん」

「こん……ばんは、先生」

待ちかまえるように、大江《おおえ》先生はこちらを向いて立っていた。

いつもの制服《せいふく》すがたじゃない。オーバーサイズの白いTシャツに、ぶかぶかのデニムをあわせて、黒のくたっとしたキャップを、浅くかぶっている。

帽子《ぼうし》はかぶっているけれど、半分だけロングのピンクの髪《かみ》をかくすつもりはないみたい。右肩《みぎかた》の上に、さらりと乗っかっている。

「あ、サイリーだ」

背中《せなか》から、長谷川の声。

ついてきていたらしい。

「お、ゆう」

え？　知りあい？

空乙《そらお》がきょろきょろとふたりの顔を見ているのに気づいて、長谷川が教えてくれた。

「むかしからよくうちにきてるから」

「むかしって？」

長谷川は大江《おおえ》先生に向かっていった。

「中学んときからだよね？」

「長谷川家に出入りするようになったの？　そうだね、わたしが中二、りょくが一年のときからかな」

へー、そんな前からかー、と思う。そういえば大江《おおえ》先生、長谷川と話してるときは、ちょっと雰囲気《ふんいき》がちがってふつうに高校生っぽい……ってあれ？　大江《おおえ》先生、ひとり？

「あの、先生、さっきまでカオさんといっしょにいませんでしたか？」

「いましたよ」

いたけど、いまはいない？

「さるそらさんがいるみたいだっていったら、いっちゃいましたね」

「えーっ、なんで？　きらわれてるのかな」

あはは、と大江《おおえ》先生が笑う。

「きらいとはちょっとちがうかも。苦手なのかもしれないですね、さるそらさんのこと」

「でも、最初に目があったとき、にこってしてくれました」

「そのときはまだ、さるそらさんのこと、ちょろいって思ってたのかな」

「ちょろい……だませる、みたいな？」

「そうそう、いいお姉さんっぽい自分を出しておけばいいか、みたいなね」

なあなあ、と長谷川が入ってきた。

「なんの話してんの？　カオさんってだれ？」

大江《おおえ》先生が答える。

「うちの塾《じゅく》の生徒さんだよ」

「ふうん。で、その生徒さんはなんでさるそらが苦手なの？」

「きれいなものしか見えないような、にごりのないきれいな目をしているから、かな」

「は？」

「正体を見やぶられるって思ってるんじゃないかなってこと」

「よくわかんねえし。正体って？　スパイかなんかなの？」

大江《おおえ》先生は、長谷川にこう説明した。

「チラシをさ、駅前で配ってたじゃない？　りょくとわたしで。そのとき、通りがかったカオさんにも手渡《てわた》したのね、ふつうに。そしたら、のせておいたアドレスに連絡《れんらく》がきて、くわしいことが知りたいから、お茶しませんかって」

「うわー……ナンパだ。ほんとなぞにモテるよね、サイリーって。で、したの？　お茶」

「まさか、断《ことわ》ったよ。見学もしてもらえるんで、塾《じゅく》がオープンしたら、授業《じゅぎょう》がある日に直接《ちょくせつ》きてくださいっていって。なんでもお答えしますからって」

「きたんだ」

「初日からね。そこまではよかったんだけど、その日から毎晩《まいばん》、メールがくるようになった」

「毎晩《まいばん》？　まじで？」

「まじで。こっちが返事するまで、延々《えんえん》と」

「こわ」

「でしょ。しかも、待ちぶせとかもするんだよ？　いまも、わたしがだいたいこの時間にこのスーパーに寄《よ》ってから帰るって知ってて、わざと店内で待ってた」

「やばいじゃん」

「やばいんだよ。だから、こまりますっていう話を、さっきしてた。でも、話がまったく通じなくて」

「それをさるそらが盗《ぬす》み聞きしてたのか」

盗《ぬす》んでない！　と速攻《そっこう》で空乙《そらお》は訂正《ていせい》した。

「たまたま聞こえて、あれ？　先生とカオさん？　って思っただけだから！」

空乙《そらお》の抗議《こうぎ》は、はいはい、と軽く流して、長谷川は大江《おおえ》先生に、「それさ」といった。

「りょくも知ってるの？」

「知ってるよ」

「どうするつもりだって？」

「次の授業《じゅぎょう》で、カタつけようって」

「カタ？」

「どうにかしようってこと」

「できんの？」

「たぶんね。それまでは、さるそらさんにボディガードしてもらおうかな。さっきみたいに、さるそらさんがいるってわかっただけで、いなくなってくれるかもしれないし」

「あ、しますよ、ぜんぜんします」

「ぜんぜんの使い方がよろしくないけど、お気持ちはうれしいです。ありがとうございます、さるそらさん」

なんだ、本気じゃなかったんだ、と空乙《そらお》はがっかりする。先生の役に立てたら、うれしかったのに。

「されるがわだろ、さるそらは」

長谷川が笑いながらいうのを聞いて、大江《おおえ》先生が急に、『先生モード』になった。

「なんでそう思うの？　ゆうは」

「なんで？　なんでって、だってさるそらは女子だし、小学生だし、ボディガードなんてできるわけないし。そもそもサイリーのほうが、ぜんぜん……」

「はい、ぜんぜんの使い方がまたよろしくない。それは置いとくとして、じゃあ、わたしは、されるがわにはならないってこと?」

長谷川は考えこんだ。

えっ? と空乙《そらお》は長谷川の顔を見る。なんで悩《なや》むことがあるの? と不思議に思いながら。

「なるよね? だって、いまこまってるのはわたしじゃなくて、先生なんだよ? どう考えても、いまボディガードされるがわなのは、先生じゃん」

うん、と大江《おおえ》先生がうなずいてくれる。

「まちがいなく、わたしですね」

長谷川が、あーそっか、とつぶやく。

「……こういうこと、教えてんのか」

うん? と空乙《そらお》が長谷川のほうに視線《しせん》を向けると、なんでもない、というように軽く首を横にふった。

「じゃあまあ、とりあえず、みんなで帰るか。な!」

ぽん、と軽く空乙《そらお》の背中《せなか》を押《お》しながら歩きだそうとした長谷川を、大江《おおえ》先生が、

「こらこら」とやんわりしかる。

「勝手にさるそらさんの体にさわんないの」

「え？　背中《せなか》でも？」

「背中《せなか》でも」

ちらっと長谷川が空乙《そらお》を見る。

「やだった？　ごめんな」

「わたしはいやじゃなかったけど……」

いやな子も、いるかもしれない。つきあってもいない男子から、勝手にさわられるのは。たとえ背中《せなか》でも。

だから、このくらいは平気だよ、なんていってしまってはいけないんだと思う。

長谷川が、「ほら、このくらいはやっぱ平気なんじゃん」って思っちゃうといけないから。

平気な子もいれば、平気じゃない子もいるって、ちゃんと思っておいたほうが、きっと長谷川のためだ。

……なんだかすごく不思議な感じがする。

こんなこと、いままで考えたこともなかったのに。いつのまに、考えられるようになったんだろう。

スーパーの出口に向かって歩きながら、大江《おおえ》先生の横顔を見あげる。まっ白な肌《はだ》に、色のうすいくちびる。右肩《みぎかた》にだけ乗っかっている、蛍光《けいこう》ピンクのサラサラの髪《かみ》。

「大江《おおえ》先生」

「はい」

「わたし、ルッキズムも知らないのかって、好きな男子からばかにされたんです」

前を歩いていた長谷川が、「えっ？」とふり返る。

「さるそら、好きなやつなんかいたの？」

「いたよ」

「だれ？」

「いうと思う？」

わざとらしく肩《かた》をすくめて、長谷川が正面に向きなおる。でも、耳はたぶん、うしろを向いたままだ。

「頭がよくなりたいって思いました。もう絶対《ぜったい》にばかにされたくなかったから。それで、塾《じゅく》に通うことにしたんです」

「人をばかにする人間は、その相手よりもずっとばかだと、わたしは思っています。そういうばかがひとりでもばかじゃなくなるために、Q世代塾《じゅく》をはじめたようなものなんですけど、さるそらさんがうちの塾《じゅく》に通うきっかけを作ってくれたんだったら、そのばかはばかでいてくれてよかった」

……何回、ばかっていったのかな。

まじめな顔で、ばか、ばかって。

大江《おおえ》先生、おもしろすぎる。

「わたし、だいぶ頭がよくなった気がします。Q世代塾《じゆく》に通うようになって」

大江《おおえ》先生の形のいいくちびるが、ふにゃ、とゆがんだ。

「うれしいこといってくれますねえ……でも、まだまだですよ。さるそらさんはもっともっと頭がよくなるし、だれかにばかにされることなんて二度となくなります。だれのこともばかにしない、本当に頭のいい人になります」

なにを根拠《こんきょ》に？　と思ったけれど、根拠《こんきょ》なんかどうでもいい、とすぐに思いなおした。

大江《おおえ》先生がそう思ってくれたのなら、きっとそうなる。先生がいったとおりになる。というか、なるようにすればいい。

スーパーを出ると、目の前はだだっ広い駐車場《ちゅうしゃじょう》だ。走っている車は、遠くのほうに一台だけ。近くには、停車《ていしゃ》中の車しか見当たらない。

それでも大江《おおえ》先生は足をとめて、注意深く左右を見た。あ、と空乙《そらお》は思う。先生いま、カオさんがいないかたしかめたんだ、と。

大江《おおえ》先生が、手のひらをデニムのふとももでそっとぬぐうところも、見てしまった。こわかったり、緊張《きんちょう》したりすると、空乙《そらお》も手に汗《あせ》をかく。平気そうな顔をしていても、先生だってまだ高校生だ。カオさんは女性《じょせい》だけど、おとな。

こわいですってちゃんと伝えているのに、一方的に待ちぶせをするおとななんて、こわいに決まってる。たとえ大江《おおえ》先生が男子だったとしても、だ。

カオさん、ひどい。

いくら大江《おおえ》先生がかっこよくて、カオさんが夢中《むちゅう》になっちゃってるんだとしても、おとなとして、していいことと悪いことがある。

あらためて、カオさんに腹《はら》が立ってきた。

大江《おおえ》先生と努力くんは、次の授業《じゅぎょう》でカタをつけるつもりらしいけど……。

それでもカオさんが態度《たいど》をあらためなかったら、そのときは自分の出番だ。

大江《おおえ》先生専属《せんぞく》のボディガードに、あらためて立候補《りっこうほ》しよう。

8　じゃまだな、先入観

Q世代塾《じゅく》がオープンして、一ヶ月とちょっと。
四回目の授業《じゅぎょう》の日がやってきた。
空乙《そらお》はひそかに緊張《きんちょう》している。
だって、カタをつける日だから。
おどろいたことに、授業《じゅぎょう》がはじまる少し前になって長谷川がふらりとやってきた。
今回から生徒として、Q世代塾《じゅく》に通うことにしたらしい。
「なんで？」
空乙《そらお》が理由をきくと、「まあいいじゃん」としか答えてくれなかった。

今回の席は、初回のときにもどって、ホワイトボードと向き合う形で三列ずつ。空乙《そらお》はやっぱりいちばん前の列で、今回はとなりに長谷川が座《すわ》っている。カオさんは少し遅《おく》れて入ってきて、三列目の扉《とびら》がわの席に座《すわ》った。となりには鷲《わし》尾《お》さん。そのとなりが坂田さん。

二列目には窓《まど》がわに近藤《こんどう》さんが座《すわ》っていて、そのとなりが二回目さん。

ホワイトボードの前にはもう、大江《おおえ》先生と努力くんがいた。ふたりがかりで黙々《もくもく》と、黒い文字を書きつらねている。

『愛想よく話しかけても、若《わか》い世代はそっけないです。どうして相手の気持ちを考えられないのか、不思議でしょうがありません』

『Q世代塾《じゅく》という名前から、世代をはじめ、さまざまなギャップについて、答えを教えてもらえたり、学べたりする場だと思って参加しました。合っていますか？』

『まじめな子はださい、みたいな風潮《ふうちょう》があります。どうしてださいと思うのか、わたしにはわかりません』

『パス』

『才能《さいのう》がない、と気づいたら、その才能《さいのう》が必要な仕事は早々《そうそう》にあきらめたほうがいい、とよくいわれます。才能《さいのう》ってなんですか？』

『新しいことをはじめたいと思っているのですが、勇気が出ません。Ｑ世代塾《じゅく》をはじめるとき、ぱっと決められましたか？』

『生きづらいです。どうしたらもっと楽しく生きられるようになるんでしょうか』

『差別について知りたいです。わたしのようなふつうの小学生でも、受けることがありますか？』

『長谷川先生と大江《おおえ》先生が、Ｑ世代塾《じゅく》をはじめようと思った理由を知りたいです』

『塾《じゅく》の名前について知りたいです。Ｑ世代とはなんのことですか？』

全部、最初の授業《じゅぎょう》で書きこんだプリントの回答だとわかった。

最後の三つは、空乙《そらお》の回答。自分の分は、名前がついていなくてもわかる。ほかのもなんとなく、あの人のかな、と予想できた。

「初回の授業《じゅぎょう》で、いま知りたいこと、疑問《ぎもん》に思っていることを書いていただきました。こちらが、その回答です」

こちらが、といいながら、努力くんがホワイトボードをさし示《しめ》した。

「この中に三つだけ、ぼくと大江《おおえ》にしか答えられない質問《しつもん》がありました。きょうはそちらに答えていきたいと思います」

努力くんがそういうと、いい終わったのを見計らったようなタイミングで、フリースペースの扉《とびら》が開いた。

ぎゃあっ、とさけびそうになる。

入ってきたのが、あのおじいさんだったからだ。最初の授業《じゅぎょう》の途中《とちゅう》で出ていってしまって、二回目の授業《じゅぎょう》では、奥《おく》さんをつれ帰ってしまった、あの。

ほかの生徒たちも、ざわざわしている。「どうする?」「通報《つうほう》する?」という声まで聞こえている。

かまうことなくおじいさんは、大江《おおえ》先生たちに向かって歩きだしている。

「三つだけとは、どういうことだね！　ほかは放ったらかしにする気なのか？」

ああ、またあの怒鳴《どな》り声だ。いやだ、こわい。でも！

先生を守らなくちゃ！

空乙《そらお》はとっさに、ペンケースの中から定規《じょうぎ》を手に取って立ちあがった。いざとなったら、これで机《つくえ》をぺしぺしして、おじいさんを威嚇《いかく》すればいい。

「そうですよ、全部にちゃんと答えるべきなんじゃありませんか？」

えっ？　とふり返る。

たいへんだ！

今度はおばあさん——加賀さんまで入ってきちゃった！

おじいさんにつづいて、ホワイトボードの前にいる大江《おおえ》先生と努力くんに向かって、力強く歩きだす。

「説明するべきだろう。どうして三つだけなんだね！」

おじいさんが、大江《おおえ》先生につめ寄《よ》る。

「そうですよ、説明する必要があります。説明なさい！」

加賀さんも、ホワイトボードに背中《せなか》がくっつきそうなくらいあとずさっている大《お》江《え》先生と努力くんに、ぐいぐいと迫《せま》っている。

「やめてくださいぃぃぃ」

思いきって、空乙《そらお》は声を張《は》りあげた。

張《は》りあげすぎて、途中《とちゅう》で声が裏返《うらがえ》ってしまったけれど、おじいさんたちの注意を引くことはできたみたいだ。そろってじっと空乙《そらお》の顔を見ている。

「……才悧《さいり》くん、そろそろいいんじゃないかな」

突然《とつぜん》、おじいさんの声のトーンが変わった。別人のようにおだやかな声で、やさしく大江《おおえ》先生に話しかけている。

ええぇ？　ととまどう空乙《そらお》に、今度は奥《おく》さんの加賀さんが、ほがらかに声をかけてきた。

「こわかったよね、もうだいじょうぶだからね」

空乙《そらお》には、なにがなんだかさっぱりわからない。

そろそろ？　もうだいじょうぶ？　なにが？

答えを求めて、大江《おおえ》先生を見る。

こほん、とせき払《ばら》いをしてから、大江《おおえ》先生は「まず」といった。

「さるそらさん、わたしたちを守ろうとしてくれてありがとうございます。もうだいじょうぶなので、座《すわ》ってください」

なんだかよくわからないまま、いわれたとおり腰《こし》をおろした。

「あらためてご紹介《しょうかい》します。わたしたちといっしょにQ世代塾《じゅく》の講師《こうし》をつとめてくださる、戸川星雲《とがわせいうん》さんと加賀留美子《かがるみこ》さんです」

自分の頭の上にはいま、ぽかん、ぽかん、という文字が浮《う》かんでいるんじゃないかな、と思うくらい、空乙《そらお》は、ぽかんとした。

講師《こうし》？　あのふたりが？

「今回の授業《じゅぎょう》の内容《ないよう》に合わせて、初回からおふたりにはそれぞれ、『おじいさんあるあるなおじいさん』と、『おばあさんあるあるなおばあさん』の役をやってもらっていました」

えーっ、といっせいに声があがった。

ホワイトボードの前に、左から努力くん、おじいさん――じゃなくて戸川さん、加賀さん、大江《おおえ》先生の順で、四人が横一列にならびはじめる。

努力くんが、となりに立つ戸川さん、そのとなりの加賀さんを順番に見た。

「戸川さんの態度《たいど》、本当にひどかったですよね。怒鳴《どな》りちらしたり、若《わか》い人を見くだしたりして。いきなり性別《せいべつ》をたずねたり、夫にいいなりだった加賀さんにも、もやもやしましたよね」

うんうん、と当の本人たちがうなずいている。

「おふたりがそういう人たちだって、いまのいままで疑《うたが》いもしなかったですよね。まさか講師《こうし》だったとはって、いまも思ってらっしゃいますよね」

さるそらさん、といきなり大江《おおえ》先生に呼《よ》ばれて、「はいっ」と返事をする。

「どうしてだと思いますか？」

どうして疑《うたが》わなかったのか？

じつは講師《こうし》なんじゃないかって疑《うたが》わなかったのは、どうして？

「えっと……戸川さんと加賀さんは、おじいさんってこうだよね、とか、そうそう、おばあさんってこんな感じってみんなが思うような人たちだったから……そうじゃない可能性《かのうせい》は考えもしなかったんだと思います」

そう、と大江《おおえ》先生がうなずく。

「さるそらさんがいったとおり、戸川さんと加賀さんは、いかにもなおじいさん、いかにもなおばあさんとして、みなさんの中に忍《しの》びこんでいました。だから、みなさんも疑《うたが》わなかった。どうしてそんなことをしたのかというと――」

そこからは、戸川さんが話しだす。

「発案したのは、じつは、ぼくなんです。実感してもらいたかった。みなさんの中に、おじいさんってこう、おばあさんってこう、という先入観が、どのくらいあるのかを。実感したうえで、わたしや加賀さんを知ってもらいたかったんです」

怒鳴《どな》りちらしていたあのおじいさんと同一人物とは思えないくらい、おだやかで、やわらかな話し方だった。

そういえば、きょうの戸川さんは服装《ふくそう》も前とまったくちがう。おじいさんがいかにも着てそうな服じゃなくて、黒いジャケットに、モノクロの写真がプリントされた白Tシャツを合わせている。パンツはグレーの細身のデニムでしゅっとしているし、なんだかモデルさんみたい。

加賀さんも、前に見たときはいかにもおばあさんっぽいほっこりした服装《ふくそう》だったのに、きょうは、黒のパンツスーツをかっこよく着こなしていた。十歳《さい》は若返《わかがえ》ったように見える。

加賀さんが、つづけて話しだした。

「若《わか》い人、といういい方も、本当はしたくないんですけど、わかりやすいので使いますね。若《わか》い人はわりと気軽に、年齢《ねんれい》が高い人たちを拒絶《きょぜつ》しますよね。老害、なんて言葉もよく聞きます。わかるんですよ？　わたしにも若《わか》い人だったときはありますから。いわゆるおじいさんやおばあさん、おじさんおばさんには、さんざんいやな思いをさせられてきました」

　でもね、と加賀さんがとなりの戸川さんを見る。

「この人がだれかに怒鳴《どな》っているところなんて、わたしは一度も見たことがありません。大学の先生なんですけどね、生徒におかしな態度《たいど》を取る同僚《どうりょう》たちを、何度も注意しています。あ、わたしたち、夫婦《ふうふ》じゃないんですよ。ただの友人同士《どうし》。だから、忖度《そんたく》なくいってます。戸川くんほど若《わか》い人の味方になってあげられる人、わたしはほかに知りません」

　戸川くん！

　おばあちゃん世代の加賀さんが、同世代の戸川さんを『くんづけ』で呼《よ》ぶのは、空乙《そらお》には新鮮《しんせん》だった。

　そっか、仲がいい人同士《どうし》だと、若《わか》くなくても『くんづけ』なんだ……。

「でもね、こうやって口でいうだけじゃ、だめなの。はなから老人は苦手、関わりたくないって思っている人には、まったく伝わらないのね」

戸川さんに向けられていた加賀さんの視線《しせん》が、きょろっと動いた。こっちを見た！　と、どきっとする。と同時に、「さるそらさん」と呼《よ》びかけられた。

「はい！」

「さるそらさんも、怒鳴《どな》っている戸川くんのことは、すごーくいやだったでしょ？」

「それは、はい。こわかったし、なんでそんなに怒鳴《どな》るのかなって」

「いまは？　どう？」

「こわくは、ないです。あと、いまはおじいさんっぽくもない、です」

「そうよね。いつもの戸川くんにもどると、そうなのよ。おじいさんじゃなくなるの。でも、年齢的《ねんれいてき》にはおじいさんだから、いかにもなおじいさんのふりをすると、まーったく疑《うたが》われない」

あの、と近藤《こんどう》さんが手をあげた。

「つまり、ギャップを見せたかったんですか？　わたしたちに」

ええ、と加賀さんがうなずく。

「ここにも、こういうギャップがありますよって、目に見える形で伝えたかった。そして、応用《おうよう》したかったの」

「応用《おうよう》？」

「そう。怒《おこ》りっぽくて、若《わか》い人への当たりが強い、いかにもなおじいさんに思えた人が、じつはそうじゃなかった。おじいさんにも、いろんなおじいさんがいるんだって。まずはそれを実感してもらって、こういうのっておじいさんに限《かぎ》った話じゃないんじゃない？　って問いかけたかった」

たとえばね、といって、加賀さんが大江《おおえ》先生を指さした。

「あの人、強そうでしょ？　髪《かみ》もピンクで、半分、刈《か》りあげで。制服《せいふく》も改造《かいぞう》しまくりだし、自分で塾《じゅく》を開くくらい、独立心《どくりつしん》も旺盛《おうせい》。おとなでも、あの人ほどちゃんと生きてはいないって、わたしなんかは思っちゃう」

ここで質問《しつもん》、といって加賀さんは、鷲尾《わしお》さんに視線《しせん》を向けなおした。

「あなたは成人してるわね？」

「してます」

「あなたがもし、あの人に好意を持ったとする。さあ、どうアプローチする？」

鷲尾《わしお》さんは、前回も着ていたぶかぶかのデニムジャケットの袖《そで》をまくり直しながら、えーっと、えーっと、と二回いった。自分だったら、と、大急ぎで考えてみているのだとわかる。

「アプローチは、しません。大江《おおえ》先生は、未成年なので」

「大好きなのよ？　あの人のこと。それでも？」

「大江《おおえ》先生が成人するまでは、胸《むね》にしまっておきます。アイドルに恋《こい》したんだとでも思えば、特別なことでもなんでもありませんし」

加賀さんがいきなり、いえーい、といった。

え？　いえーい？

「ちゃんといるんじゃない、あなたみたいなちゃんとした人。うれしくなってつい、いえーいっていっちゃった」

戸川さんが、ふは、とふき出すように笑っている。つられて空乙《そらお》も笑いそうになった。本当にふたりは、仲のいい友だち同士《どうし》なんだ、とわかって、なんだかうれしかったからだ。

「わたしが知る限《かぎ》り、大江《おおえ》先生はね、いままでに三回、おとなの女性《じょせい》からアプローチをされています。不思議と引きよせちゃうのよねえ、サイリーって。まあ、魅力《みりょく》的な人間の宿命といえばそうなんだろうけど。それでね、いま現在《げんざい》も、毎晩《まいばん》のようにメールを送られたり、待ちぶせをされています。どう思いますか？　モテてるんだからいいじゃないか？　相手が女の人ならたいしたことはできないんだから、放っておけばいい？　いいえ、大江《おおえ》先生はれっきとした被害者《ひがいしゃ》です。そして、加害者はいますぐ、自覚しなければいけない。女性《じょせい》であろうとなかろうと、成人が未成年者にいい寄《よ》っていいわけがない！　と」

　机《つくえ》が目の前にあったら、ばん！　と両手でたたきそうな迫力《はくりょく》だった。

　もちろん、空乙《そらお》にはもうわかっている。加賀さんは、カオさんに向かっていったのだと。

　こっそりうしろをふり返って、カオさんの様子をうかがってみた。うつむいて、髪《かみ》をいじっている。うろたえているようでもなく、うちひしがれているようでもない。

　どういうわけか空乙《そらお》には、いまだにカオさんが、なにを考えているのかわからない。あの二回目さんのことですら、ちょっとはわかるようになってきたというのに。

「まとめると」

　そういって大江《おおえ》先生が、あとを引きついだ。

「先入観は、わたしたちの言動や感情《かんじょう》に大きな影響《えいきょう》を与《あた》えている、ということですよね」

先入観。

おじいちゃんは、怒《おこ》りっぽいもの。

おばあちゃんは、無神経《むしんけい》になんでも知りたがるもの。

気がついたら、空乙《そらお》の中にもあった。

当たり前のように、あった。

これが、先入観。

奇抜《きばつ》なかっこうをした高校生は、ふつうのかわいいおとなの女性《じょせい》にいい寄《よ》られたら、よろこぶはず。こわがるわけがない。

ふつうのかわいいおとなの女性《じょせい》が、奇抜《きばつ》なかっこうをした高校生に好意を寄《よ》せても、問題はない。逆《ぎゃく》によろこんでもらえるはず。

そんな先入観がある人も、いる。

たぶん、カオさんの中にも。

……じゃまだな、先入観。すごく、じゃまだ。ないほうがいい、こんなもの。

「加賀先生と戸川先生が、ご自身の存在《そんざい》そのものを題材にした授業《じゅぎょう》をおこなってくださったおかげで、みなさんの中にも先入観というものがあったことを、実感していただけたんじゃないかと思います」

長い長い授業《じゅぎょう》を受けつづけていたのだと、たったいま、空乙《そらお》たちは知らされた。

空気がざわついているのがわかる。

空乙《そらお》は、小さく身震《みぶる》いをした。

なんか、すごい体験をした気がする……。

「次回からは、おふたりにも授業《じゅぎょう》を受けもっていただくことになっています。初回でお渡《わた》しした今後の予定表に、Kと入っている日が加賀先生、Tの日が戸川先生の授業《じゅぎょう》の日になります」

さて、と大江《おおえ》先生が声の調子を変えた。

加賀先生と戸川先生が、ホワイトボードの両わきに移動《いどう》する。大江《おおえ》先生と努力くんも少しわきに寄《よ》って、書かれている文字が空乙《そらお》たちによく見えるようにした。

「戸川先生たちが乱入《らんにゅう》してくる前に、この中に三つだけ、わたしと長谷川にしか答えられない質問《しつもん》があったとお話しました。どれかわかりますか？」

はい、と坂田さんが手をあげる。

「Q世代塾《じゅく》に関する質問《しつもん》ですよね？」

「はい、そのとおりです。先ほどもいいましたが、こればかりは、わたししか長谷川じゃないと答えを知らないので、わたしたちが答える必要があります」

「そうですよね。ただ、その場合、四つになってしまうのですが……」

「いえ、三つです」

努力くんが、赤いペンでアンダーラインを引きはじめた。

『新しいことをはじめたいと思っているのですが、勇気が出ません。Q世代塾《じゅく》をはじめるとき、ぱっと決められましたか？』

『長谷川先生と大江《おおえ》先生が、Q世代塾《じゅく》をはじめようと思った理由を知りたいです』

『塾《じゅく》の名前について知りたいです。Q世代とはなんのことですか？』

もうひとつだけ、Q世代塾《じゅく》に関する質問《しつもん》があったけれど、そこにはアンダーラインは引かれなかった。

『Q世代塾《じゅく》という名前から、世代をはじめ、さまざまなギャップについて、答えを教えてもらえたり、学べたりする場だと思って参加しました。合っていますか？』

たぶん、坂田さんが書いたんだろうな、と空乙《そらお》が予想した質問《しつもん》だ。

「それ」

坂田さんが、手をあげた。

「わたしの回答です」

大江《おおえ》先生が、小さくうなずく。

「坂田さんは、この質問《しつもん》もわたしたちにしか答えられないいじゃないか、と思われたんですよね。そんなことはありません。これは、わたしたちが教えなくても、答えを知ることができます」

坂田さんが、「あ」といった。

「本当ですね。笑っちゃうな。なんでこんなことききたいと思ったんだろう」

うん、わたしにもわかる、と空乙《そらお》は小さくうなずいた。

答えは、『合ってます』でもあるし、『合ってません』でもある。

Q世代塾《じゅく》の授業《じゅぎょう》を、一回でも受けたらわかる。教えてくれるのは、『ギャップってこういうものですよ』じゃなくって、『ギャップってどういうものだと思いますか？』ときかれたあとのことなんだって。

だから、学べる場で合ってますか？　ときかれたら、『合ってます』だし、『答えを教えてもらえる場ですか？』なら、『合ってません』になる。

気になったことを自分で考えて、『ああ、そういうものなのか』って気がつけるようにしてくれる。それが、Q世代塾《じゅく》の授業《じゅぎょう》だ。

「坂田さんが先に教えてくれましたが、そうなんです。たぶん、ほかのみなさんも、この回答を書いたときにはわかっていなかった、ということが、いまはなんとなく、わかるようになっているんじゃないでしょうか」

大江《おおえ》先生たちが、答えるのは三つだけでいいと判断《はんだん》した理由。

それは、教えてもらわなくても自分で考えれば答えがわかるようになっているはずだから。

『差別について知りたいです。わたしのようなふつうの小学生でも、受けることがありますか？』

この回答を書きこんだときは、本当にわからなかった。教えてもらう気満々《まんまん》だった。

差別って本当にあるんですか？　って。わたしのまわりにはありませんよね？　って。

いまの空乙《そらお》には、答えがもうわかっている。

答えは、『あります』。

ふるやば先生、なんて呼《よ》び方はきらいだから、そんな呼《よ》び方は空乙《そらお》はしない。しないけれど、『古屋先生って別に、やばい先生なんかじゃなくない？』なんてことは二度と思わない。

平等に接《せっ》してくれるはずの学校の先生が、やさしくする生徒とやさしくしない生徒を、好きかきらいかで決めている。

やさしくされていないことに気づいたときの悔《くや》しさやみじめさ、かなしさは、きっとその子の心を、じわじわと殺《ころ》していく。

白人警官《けいかん》に撃《う》ち殺《ころ》されてしまった人たちの無念さと比《くら》べることはできないけれど、古屋先生がしていることは、まちがいなく魂《たましい》の殺人《さつじん》だ。

わかるようになったのは、二本のショートフィルムのおかげ？

座談会《ざだんかい》のあいだだけ、超能力者《ちょうのうりょくしゃ》になったおかげ？

ほかの人の頭の中をのぞいてみたから？

加賀先生と戸川先生の、体を張《は》った長い長い授業《じゅぎょう》のおかげ？

どれかひとつじゃない気がする。

その全部が、空乙《そらお》に気づかせてくれた。

自分が思っているほど、自分はちゃんと考えていなかった、ということに。

考えれば考えただけ、気づけることってたくさんあるんだっていうことに。

自分で考えてみる、というくせみたいなものが、猿島空乙《さるしまそらお》に追加装備《そうび》された感じ？

わからない、と思ったら、まずは考えてみる。考えてみて、わからなかったら調べてみる。調べてもわからなかったら、そのときはいえばいい。

教えてくださいって。

頭がいい人になる方法って、たぶん、そういうことだ。

空乙《そらお》は、ホワイトボードを背《せ》にして立つ大江《おおえ》先生を、まばたきもせず、じっと見つめた。

そういうことですよね？　大江《おおえ》先生。

9　好きな自分でいられるほうへ

笹川《ささがわ》さんから、手紙が届《とど》いた。

自宅《じたく》のポストに、郵便《ゆうびん》で。

ええっ？　どうして？　まさか引っ越《こ》しちゃうとか？　とおどろきながら、読んだその内容《ないよう》は――。


『このあいだは、わたしのことなのに、古屋先生のことで怒《おこ》ってくれてありがとう。とてもうれしかったです。

面と向かってだと、またうまく自分の気持ちをいえそうにないので、手紙を書く

ことにしました。

重いって思われちゃうかなってこわい気もしてるんだけど、伝えないままのほうがいやだと思ったので……。

屋上の手前のあの踊《おど》り場《ば》、猿島《さるしま》さんがきたいと思ったら、いつでもきてください。

「わたしもときどき、ここにきてもいい？」ってきかれたとき、口ごもってしまったのは、中野さんや長谷川くんのことを考えてしまったからなんです。

猿島《さるしま》さんが急に休み時間のたびに教室からいなくなったら、あのふたりはきっと気づいてしまうだろうなと思って、すぐには返事ができませんでした。

でも、よく考えたらいまだってわたしは空気みたいな存在《そんざい》だし、あのふたりにどう思われたってなにも変わらないんだな、と思いました。だったら、猿島《さるしま》さんが好きなときにあそこにきてくれて、このあいだみたいにおしゃべりできたら楽しいだろうなって。

それだけ伝えたくて、手紙を書きました。

『笹川和葉《ささがわかずは》』

それではまた、学校で。

屋上につづく階段《かいだん》をのぼりきったところの踊《おど》り場《ば》。

笹川《ささがわ》さんが、古屋先生から注意されてもあきらめられなかった場所に、いまは空《そら》乙《お》もいっしょにいる。

「手紙、ありがと。てっきりわたしがうるさいからいやがられちゃったんだって思ってたから、教えてもらえて、ほんとよかった」

空《そら》乙《お》がそういって顔を向けると、となりで同じように壁《かべ》に背中《せなか》をつけてしゃがみこんでいる笹川《ささがわ》さんが、ううん、と首を横にふった。

「こちらこそ、面倒《めんどう》がらずに読んでくれてありがとう」

「えへ、お礼のいいあい合戦だね」

ふふふ、と笹川《ささがわ》さんが両手で口もとをおおって笑う。

「そういえば、ちょっと気になってたんだけど、前に『塾《じゅく》ってどんな感じ?』って笹川《ささがわ》さんにきいたことあったじゃない?」

「うん、あった。廊下《ろうか》でだよね?」

「そうそう。あのとき、最後になんかいいかけてなかった?」

「あ、うん、不思議だったから。どうして中野さんにきかないのかなって」

「え?」

「中野さん、わたしと同じ塾《じゅく》に通ってるでしょ。だから、中野さんにきいたほうがいいかもって、いったの。わたしなんかより、ずっとわかりやすく教えてもらえそうなのにって思ったから」

「ろんちゃん、塾《じゅく》いってるの?」

「五年の終わりごろから通ってるんじゃないかな。同じクラスじゃないから、はっきりとはわからないけど」

ろんちゃんが……塾《じゅく》？

そんなの、聞いてない。

それってもしかして、受験のため？

本人に、たしかめなくちゃ！

「トイレいきたくなっちゃった！　笹川《ささがわ》さん、もうちょっといる？　わたし、先にいくね」

「あ、うん」

「またね！」

熱に浮《う》かされたように、階段《かいだん》を駆《か》けおりた。

どうして？　どうしてろんちゃん、教えてくれなかったの？　塾《じゅく》いきはじめたよって。

鍋《なべ》のお湯がいきなり沸騰《ふっとう》したときみたいに、ろんちゃんへの『？』がふき出してくる。

まったく気がつかなかった。ろんちゃんが笹川《ささがわ》さんと同じ受験用の塾《じゅく》に通いはじめてたなんて。

そういえば、放課後いっしょに遊ぶこと、このごろほとんどなかった気がする。感染病対策《かんせんびょうたいさく》してたころの名残りで、おたがいの家に遊びにいくことも最近はめったにない。だから、気づかなかった？　それとも、やっぱり自分は鈍感《どんかん》なの？

階段《かいだん》を駆《か》けおりながら、なぜだか急に、空乙《そらお》は思いだしていた。

前回の、Q世代塾《じゅく》の授業《じゅぎょう》のことを。

ろんちゃんのことを考えることから、気をそらしたくなったのかもしれない。

●Q●

『新しいことをはじめたいと思っているのですが、勇気が出ません。Q世代塾《じゅく》をはじめるとき、ぱっと決められましたか？』

大江《おおえ》先生：ぱっと決めました。いますぐなにかしないと、怒《いか》りでどうかなってしまいそうだったからです。なにへの怒《いか》り？　そうですね、なにもかもに、腹《はら》が立っていました。

でも、最終的にわたしの怒《いか》りの炎《ほのお》を燃《も》えあがらせたのは、長谷川努力の家庭環境《かんきょう》を知ったことだと思います。

この問題は、次の質問《しつもん》への答えにもなっています。

『長谷川先生と大江《おおえ》先生が、Q世代塾《じゅく》をはじめようと思った理由を知りたいです』

大江《おおえ》先生：先ほどもいいましたが、長谷川努力の家庭環境《かんきょう》に我慢《がまん》できなくなったのがきっかけです。

彼《かれ》の父親は、暴力《ぼうりょく》はふるいませんし、生活費《ひ》をギャンブルに使ってしまったりもしませんが、男性《だんせい》社会を謳歌《おうか》して生きてきた、典型的《てんけいてき》な中年男性《だんせい》です。母親は、そんな父親にこまごまとした不満は口にしても、生き方や考え方への違和感《いわかん》は持たない女性《じょせい》です。

そんなふたりのもとで、長谷川努力は奇跡的《きせきてき》に、まっとうな青少年に育ちました。世の中のおかしさ、自分の両親のおかしさに『?』を感じ、こんな世の中のままではいやだ、両親のようなひとむかし前のおとなにはなりたくない、と思うようになっていきます。

そんな彼《かれ》を、父親は当然のように押《お》さえつけようとします。おれのように生きろと。

女なんてばかにしていい存在《そんざい》なんだ、なんで平等だなんて思うんだ? 男にしかできないことのほうがずっと多いんだぞ? あとは、えーっと、なんだっけ。あんまり腹《はら》が立って、全部は覚えていませんが、息子に向かって、彼《かれ》の父親は自分の価《か》値観《ちかん》を押《お》しつけつづけました。とんでもない独裁者《どくさいしゃ》だったんです。

彼《かれ》の弟は、そんな兄と父親の関係に、傷《きず》ついていました。どうして兄はあんなふうになってしまったんだろう。むかしは仲のいい家族だったのに。兄のせいで、うちはいつもピリピリしている。そんなふうに、兄を責《せ》めていました。

そうではない、きみの家庭をそんなふうにしたのは、お兄さんではなく、お父さんのほうなんだと、わたしは説明しました。根気よく、何度も。

いま、彼《かれ》は中立の立場です。兄と父親、どちらに味方をすることもない。一時は口もきかなかった兄との関係は、ずいぶん改善《かいぜん》したんじゃないかと、はたで見ていて思います。

これがきっかけとなり、当事者ではない自分が、わかりあえずにいる人たちのあいだに入って、「これってこうじゃない？」「それはこういうことなのかもね」と伝えることは、すごく意味があることなんじゃないかと考えるようになりました。

長くなりましたが、これがQ世代塾《じゅく》を立ちあげようと思った理由です。

『塾《じゅく》の名前について知りたいです。Q世代とはなんのことですか？』

大江《おおえ》先生：世代を年齢《ねんれい》で区切って考えるのが、わたしは好きではありません。全世代を通して、ある特徴《とくちょう》を持っているかいないかだけで同じ世代とする、みたいな名前をつけたかったんです。

Q世代は、疑問《ぎもん》——Question（クエスチョン）に敏感《びんかん》な人たちのことです。あれっておかしくない？　と思ったら、ちゃんと気にする。考える。解決《かいけつ》できないか動いてみる。

そんな人たちをQ世代仲間として、この塾《じゅく》から増《ふ》やしていければと考えています。

●Q●

正直なところ、いまの自分にはちょっとむずかしい話かも、と思った部分もあった。

空乙《そらお》にはまだ、知らない感情《かんじょう》がたくさんある。だから、よくわからないと感じてしまう部分があるのかな、と思う。

同じように、カオさんの頭の中がいまだにうまくのぞけないのは、カオさんには、空乙《そらお》がまだ知らない感情《かんじょう》がたくさんあるからなのかもしれない。

『生きづらいです。どうしたらもっと楽しく生きられるようになるんでしょうか』

アンケートの回答にそう書いたのは、たぶん、カオさんだ。

感情《かんじょう》は、「あ、知ってる」って思えないと、わかりたくてもわからないものなのかもしれない。

それでも、わかろうとして観察していれば、少しずつわかってくることもある。

スーパーで立ち聞きしてしまった、大江《おおえ》先生とカオさんの会話。

何度か思い返しているうちに、なんとなくわかってきたことがあった。

カオさんはたぶん、自分はかわいいっていう自覚がある人で、自分に好意を寄《よ》せられてよろこばない男の人はいないと思っている。

だから、どんなに大江《おおえ》先生が、こまりますって伝えても、『こまるわけないでしょ？　こんなかわいい年上のお姉さんから好きっていわれてるのに』っていう態《たい》度《ど》を変えなかった。

自分がおとなだという自覚もなく、かっこいい高校生に夢《む》中《ちゅう》になって、どうにかして親密《しんみつ》な関係になろうとしつづける――。

そんな自分に疑問《ぎもん》を持たない、持てないからこそ、カオさんは生きづらい人なんだと、空乙《そらお》は思う。

いまの空乙《そらお》には、そのくらいしかカオさんのことはわからない。

でも、きっとそんなの、いまだけだ。

これから空乙《そらお》は、いまよりずっとたくさんの感情《かんじょう》を知っている人になっていく。

いまの空乙《そらお》にはのぞけない頭の中だって、そのうち、ひょいひょいのぞけるようになっていくにちがいない。

廊下《ろうか》の先に、教室の扉《とびら》が見えてきた。

急に、足が重くなる。

猛烈《もうれつ》ないきおいでここまで走ってきたけれど、ぴたっと足がとまってしまった。

あらためて、塾《じゅく》に通いはじめたことをろんちゃんは話してくれなかった、という事実がどしっとのしかかってきたみたい。

どうしよう……教室、もどりたくないかも。

「お、さるそらじゃん。どこいってた？」

ちょうどそこに、長谷川があらわれた。となりのクラスに遊びにいってたらしい。

ぴょんっとジャンプして、となりにならんでくる。

「どこって、適当《てきとう》に。ぶらぶら」

「ぶらぶらぁ？　なんだよそれぇ」

そういえば長谷川も、話してくれてなかったんだよね、と思う。努力くんがお父さんと険悪《けんあく》になったこととか、家の中がピリピリしてたこととか。

いま思い返してみれば、四年生のころくらいから、たまに暗い顔してることもあった気はするけれど。

努力くんが、むかしみたいなきらきらした顔じゃなくなったのも、家のことが影《えい》響《きょう》していたのかもしれない。

でも、いまの努力くんは、前よりもっと、ずっとかっこいい。きらきらするだけの飾《かざ》りみたいなかっこよさから、照らしたい場所を狙《ねら》って照らすレーザービームみたいなかっこよさに、変わっただけなんだと思う。

とにかく、長谷川も家のことを話してくれていなかった。まあ、それはいい。いいたくなかった気持ち、わかるから。ろんちゃんが話してくれてないのとは、ちょっとちがう気がするし。

「あのさ、さるそら」

「うーん？」

「うちのこと、びっくりした？」

「びっくりは、したかな。ちょっとだけね」

どちらかというと、頭の中をのぞいたようなタイミングで、この話をされたことのほうにびっくりしたよ、と思う。

「いえなかったんだよね、なんか。っていうか、いいたくなかった。自分ちが、へんなふうになってるなんて」

「うん」

「おれ、下の名前で呼《よ》ばれるのいやがるじゃん？　あれもさ、うちの父親がよく、少年漫画《まんが》のキャッチコピーっぽくていいだろ？　とかっていってってさ、そんなウケねらいみたいな理由でつけた名前なの？って思っちゃって」

それで名前で呼《よ》ばれるのをいやがってたんだ！　はじめて聞いた。

「でもさ、サイリーがああやってうちのこと話すの聞いたら、なんつうか、すーっとした」

「胸《むね》のつかえが取れた、みたいな？」

「そんな感じ」

それってきっと、長谷川もQ世代の仲間になったからなんじゃないのかな。

なんとなく、そんな気がする。

家の中のこと、そとで話しちゃいけないって思うのも、むかしの人がそうしてたからっていうだけかもしれないもんね。それっておかしくない？　って、きっと長谷川も疑問《ぎもん》を持ったんだよ。

……あれ？

そんなこといったら、わたしのろんちゃんへの気持ちも、おかしくない？

ろんちゃんが塾《じゅく》にいきはじめたことをだまってたからって、どうしてわたしに怒《おこ》られなくちゃいけないんだろう。おかしいよね？　そんなことで文句《もんく》をいわれるの。

ろんちゃんは、だまって塾《じゅく》にいきたかった。理由はわからないけど、そうしたかった。

もしかしたら、同じ中学にいこうねっていいあっていた自分には、いい出しにくかっただけなのかもしれない。

本当は同じ中学にいきたくなくて、でも、受験するっていったら空乙《そらお》も受験しちゃうかもって思ったのかもしれない。

最初は受験しないっていってたのに、途中《とちゅう》で気持ちを変えたのを知られるのが恥《は》ずかしかっただけかもしれない。

考えようと思えば、いくらでも理由は考えられる。でも、ろんちゃんがだまっている以上、どれが正解《せいかい》だったとしても、それはいまのろんちゃんにとって、『いいたくないこと』なんだよね。

だったら、理由なんて知りたがったって意味がない。いまは胸《むね》の中で、「そっか、塾《じゅく》いってたんだね」って思っておくだけでいいんじゃないかな。

……うん、そうだ。

怒《おこ》ってろんちゃんに、「なんで教えてくれなかったの！」なんてつめ寄《よ》る自分より、「そっか、塾《じゅく》いってたんだね」ってさらりといえる自分でいるほうが、気分がいい気がする。

気分がいいほうを選ぼう。

そうしよう。

「そうだ、聞いた？　サイリーのとこにメールこなくなったって。あのカオって人から。待ちぶせも、いまんとこないらしいよ」

「えっ、そうなんだ。よかったぁ」

「加賀さんがさ、『あなたは加害者だ！』って断言《だんげん》したのがよかったんじゃないかって、りょくがいってた。あの人、元裁判官《さいばんかん》だからね。迫力《はくりょく》がホンモノっつうか」

元裁判官《さいばんかん》？

「すごいね。そんな人が、どうしてQ世代塾《じゅく》の講師《こうし》に？」

「サイリーのおばあちゃんの親友らしいよ。サイリー、おばあちゃんっこだから、しょっちゅう入りびたってて、それで加賀さんとも仲よくなったみたい。塾《じゅく》はじめるとき、相談に乗ってもらったりしたんじゃないかな」

そんな話を聞くと、大江《おおえ》先生もおうちがたいへんなのかな、なんてつい考えてしまいそうになる。

おばあちゃんっこがみんな、じつの両親と不仲なわけもないのに。

これも、あれだ。先入観。

どんどんなくなっていくといいなあ。

ないほうが、絶対《ぜったい》いいもん。

「あ、猿島《さるしま》だ」

すれちがいざまに、名前を呼《よ》ばれた。

肩越《かたご》しにふり返ると、高橋くんがいた。向こうも、肩越《かたご》しにこっちをふり返っている。

片想《かたおも》いしていたころには、この世でいちばんかっこいいと思っていた顔が、いまはなんだかのっぺりして見える。

あごを少し浮《う》かすようにしながら、高橋くんが話しかけてきた。

「なんか久《ひさ》しぶりじゃない？」

ああ、前はこのあごの浮《う》かし方すらかっこいいと思ってたんだっけ。いまはなんだか気取った仕草に見えてしまう。

「そう？」

空乙《そらお》のあっさりした返事に、なぜだか高橋くんが、ちょっとあせったようにいってくる。

「ふつうに久《ひさ》しぶりじゃん。なんで久《ひさ》しぶりじゃないなんて思うんだよ？」

……え、ちょっと待って。なんか、猛烈《もうれつ》に面倒《めんどう》くさいぞ？

わたし、この人のこと好きだった？　本当に？　信じられないんだけど。

「えっと……じゃあ、いくね？」

「ちょっと、ねえ、なんか怒《おこ》ってんの？」

わー、本当に、面倒《めんどう》くさい！

「1ミリも怒《おこ》ってないんだけど。教室もどりたいから、もういい？」

さっさと正面に向きなおって、歩きだしてしまう。

長谷川が、「いいの？　あれ」といいながら追いかけてきた。

「いいのいいの」

「あいつじゃないの？　さるそらが好きだったやつって」

「そうかもね」

「いまはちがう？」

「かもね」

教室の前まできたところで、「あのさ！」と長谷川が空乙《そらお》の正面にまわりこんできた。

「いっこ、あやまってていい？」

「あやまるのに許可《きょか》いらないし」

「前にさ、さるそらが黒い服、着てきたことあったじゃん」

ろんちゃんと長谷川には、評判《ひょうばん》悪かったけどね。

「なんか、さるそらがさるそらっぽくなくなるんじゃないかって思っちゃってさ」

きみはわたしのママなのかな？

……みんな、わたしのこと大好きなんだな。

そうだ、そう思うことにしよう。

ろんちゃんも、きっとそうだ。いまのわたしのことが大好きすぎて、いつもと雰《ふん》
囲気《いき》のちがうかっこうをしてきたわたしを、手放しではほめたくなかった。きっと
そういうことだ。

うん、と空乙《そらお》はうなずいた。

そう思える自分のほうが、わたしは好き。

だから、そう思っておこう。

なんでもこれでいこう。

好きな自分でいられるほうを、選ぶ。

選びつづけていけば、なりたい自分になれるはず！

「黒い服着るようになったって、さるそらはさるそらだよな」

「そうですが？」

「だよな」

おーい、と教室の中からろんちゃんに呼《よ》ばれた。

「いつまでそこでうだうだしてんの？」

ろんちゃんへの「なんで？　なんでだまってたの？　塾《じゅく》のこと」って責《せ》めたい気持ちが、ほんの少しだけ、もどってきた。

ふう、と深呼吸《しんこきゅう》。

わたしは、どんなわたしになりたいんだっけ？

もう一回、深呼吸《しんこきゅう》。

……よし。

「きいてよ、ろんちゃーん。長谷川がさあ」

「今回も、まずはみなさんのご意向をうかがうところからはじめたいと思います」

ホワイトボードを背《せ》にした大江《おおえ》先生が、ゆったりと話しはじめる。

「前回の座談会《ざだんかい》でお題になったのは、『猫《ねこ》』でした。選ばれなかった『なんにもしない人』については、いまのところ観ただけの状態《じょうたい》です。そこでおうかがいしたいのですが、『猫《ねこ》』と同じように、座談会《ざだんかい》のお題として取りあげてみたい、という方、いらっしゃいますか」

努力くんが、いい添《そ》える。

「取りあげてみたい方、挙手をお願いします」

空乙《そらおお》は迷《まよ》わず右手をあげた。

鷲尾《わしお》さんも、近藤《こんどう》さんもあげている。

少し遅《おく》れて坂田さんが、さらに遅《おく》れて、なんと二回目さんが、手をあげた。

そして、最後にゆっくり、手をあげた人がもうひとり。

カオさんだ。

こなくなっちゃうんじゃないかと思っていたカオさんだけど、前回につづいて、三列目の扉《とびら》がわの席に座《すわ》っている。

「カオさんは最初から、『なんにもしない人』がいいとおっしゃってましたね」

ほがらかな調子で、大江《おおえ》先生がカオさんに話しかける。毎晩《まいばん》のメールや、待ちぶせをされていたことなんてまるでなかったように。その態度《たいど》は自然で、礼儀《れいぎ》正しいままだ。

空乙《そらお》は大江《おおえ》先生を誇《ほこ》らしく思った。それでこそ『先生』だ、と。

長谷川が、空乙《そらお》のとなりで手をあげた。

「おれ、観てないいんだけど。どうすれば?」

努力くんが、「帰ったらうちで観せてやるから」とすかさず答えた。急な『兄弟のやり取り』に、笑い声が起きる。

広々《ひろびろ》としたフリースペースの空間に、さざ波のように広がった笑い声は、一秒前の世界の海に、ただよいながら消えていった。

――小中学生の月謝《げっしゃ》は1,000円、高校生は2,000円、大学生以上のおとな

は、3,000円。
第一、第三水曜日、住宅街《じゅうたくがい》の一角にある公民館のフリースペースが、教室がわり。
そんなQ世代塾《じゅく》には、疑問《ぎもん》——Question《クエスチョン》に敏感《びんかん》な生徒たちが集まっている。
いつでも生徒募集中《ぼしゅうちゅう》だ。

了《りょう》

作者・石川 宏千花（いしかわ ひろちか）

東京都在住。『ユリエルとグレン』で講談社児童文学新人賞佳作、日本児童文学者協会新人賞受賞。『拝啓パンクスノットデッドさま』（くもん出版）で日本児童文学者協会賞受賞。著書に、「お面屋たまよし」シリーズ、「死神うどんカフェ１号店」シリーズ（以上、講談社）、『わたしが少女型ロボットだったころ』（偕成社）、『見た目レンタルショップ　化けの皮』（小学館）、『青春ノ帝国』（あすなろ書房）、『G65』（さ・え・ら書房）、『電子仕掛けのラビリンス』（理論社）、『ヤングタイマーズのお悩み相談室』（くもん出版）などがある。

画家・みずす（MIZUSU）

和歌山県出身・在住のイラストレーター。書籍装画・挿絵の仕事に『そしてぼくらは仲間になった』（ポプラ社）、『３分で“心が温まる”ショートストーリー』『「僕らと街」のショートストーリー』（いずれも辰巳出版）、『大熊猫ベーカリー　盗まれたひみつのレシピ』（小学館）などがある。

Q世代塾の問題児たち

2025年4月初版
2025年4月第1刷発行

作者　石川宏千花
画家　みずす
発行者　鈴木博喜
発行所　株式会社理論社
〒101-0062　東京都千代田区神田駿河台2-5
電話　営業03-6264-8890
編集03-6264-8891
URL https://www.rironsha.com

装幀　長﨑 綾（next door design）
組版　アジュール
印刷・製本　中央精版印刷
編集　小宮山民人

ISBN978-4-652-20681-2　NDC913　B6判　19cm　P212

石川宏千花の本

電子仕掛けのラビリンス

中学生のあいだで、SNSの無料アプリHOOPが大人気。
夏子の大親友ユキナが学校に来なくなったのは、
ある写真サイトの管理人と、
朝までHOOPをしているためだった。
「なぜ、やめられないの？」
不安を感じた夏子は、自分もその管理人にコンタクトする。
SNSの迷宮をめぐる中学生たちの物語。